花烬

Hua Jin

若非 / 著 /

山西出版传媒集团

北岳文艺出版社

BEIYUE LITERATURE & ART PUBLISHING HOUSE

• 太原 •

图书在版编目（CIP）数据

花烬 / 若非著. —太原：北岳文艺出版社，2018.8

ISBN 978-7-5378-5594-5

Ⅰ.①花… Ⅱ.①若… Ⅲ.①言情小说－中国－当代 Ⅳ.①I247.5

中国版本图书馆CIP数据核字（2018）第038383号

书名：花　烬	特约编辑：李　路　吴珊珊	封面设计：弥　月
著者：若　非	责任编辑：李向丽	排版设计：西橙工作室

出版发行：山西出版传媒集团·北岳文艺出版社

地址：山西省太原市并州南路57号　邮编：030012

电话：0351－5628696（发行部）

0351－5628688（总编室）　传真：0351－5628680

网址：http://www.bywy.com　E－mail：bywycbs@163.com

经销商：新华书店

印刷装订：三河市同力彩印有限公司

开本：880×1230　　1/32

字数：189千字　印张：8.75

版次：2018年8月第1版

印次：2018年8月河北第1次印刷

书号：ISBN 978-7-5378-5594-5

定价：49.80元

写在前面的话

因缘际会，本书有机会出版，有一些话，写在这里。

书中，我写下三个不值得颂扬的爱情故事：她们或飞蛾扑火，或徘徊犹豫，或坠向无尽的深渊，最终都走向苍茫与幻灭。

在这些故事中，我写她们决绝地一往无前，也写她们的挣扎与逃离，有死亡、有离散、有沉落、有执迷、有成长……

书名叫《花烬》。我试图寓意盛放与毁灭——季节过去，花凋残落，一地的花瓣，就像燃烧一般，

光芒与芬芳随风而逝，只剩无尽的
灰烬。

　　每一朵花都将肆意盛放，也终
将凋谢残败，像一些青春，像一些
爱情。

　　这是真切发生在这个大时代里
却又被我们刻意隐去的故事。它在
我的笔下，也在我们的身边。

　　当你读这本书时，她们的故
事，也正在这世界的某个角落，悄
然地发生着。

2017年3月

贵州毕节

"

亲爱的，

想好就行，

请你一定要好好善待自己。

楔子"

据说，"当上帝关了一扇门，一定会为你打开另一扇窗。"陆丹心对这句烂大街的话嗤之以鼻，上帝只顾着关门开窗，却忽略了门可以大步流星走出去，窗多半只能望洋兴叹无从迈步，一不小心，轻则摔个残废，重则丢了性命。上帝只有一个，且来无影去无踪，需要门和窗的，是自己这样的芸芸众生。但马力发出邀请的时候，她还是想，管他呢，既然门都关了，不如先开窗看看风景。

她决定赴马力的约。

清溪位于城郊，虽名义上属于省城城区，但却如同后娘养的，空有名分，实则远离主城区。其他地方把清溪当省城，省城主城区把清溪当农村，很尴尬。清溪因为一条蜿蜒清澈的清溪河而得名，此处有两个东西最为引人，一是蜿蜒的河水留下大片湿地，新开发的清溪国家湿地公园每到周末便人满为患，成为人们休闲的好地方；二是清溪大学开放自由，美女多、美食多，受到周边高校学子的青睐。

陆丹心是清溪大学旅游学院的大三学生，而她和马力认识，得益于大名鼎鼎的清溪河。不，确切地说，她和马力产生更深的交集，是因为清溪河。实际上，早一些时候，他们是见过面的，但陆丹心并不大记得。直到他们在清溪河边再度相遇。

这事，说起来有点漫长……

01 ⁗

陆丹心再一次见到马力的时候，可以说，要有多落魄就有多落魄。

那一天，陆丹心刚和李良分手，是在二月即将结束的一天黄昏，清溪国家湿地公园里。

那一天，她不知道，遇见马力，自己就已经走上了一条不归之路……

陆丹心刚刚和前男友李良分手。一个人失魂落魄地出去散心，不料在过河中石凳组成的百步桥时，失神踩滑，一个趔趄，身体倾斜，向河里倒去。陆丹心下意识地选择了跳水，因为旁边是冬日水少的浅滩，她才免了湿成落汤鸡的下场，但大腿以下，全部湿透了。

在游人的帮助下，陆丹心从水里爬上来，腿都是颤巍巍的。她离开百步桥，站在岸上，看着流水平静无波，心有余悸。联想到这一天发生的事情，巨大的悲伤突然汹涌而来，眼泪止不住地掉了下来。

这一天，是她和男朋友——哦，不，确切讲，是和前男朋友早就约好的日子。在过去漫长的寒假里，他们都无比思念对方，至少在陆丹心看来，是这样的。他们约好，早点回到学校，早点见到对方。为此，陆丹心大清早就出门，搭了火车，中午一点多才赶到学校，来不及休息，她心急如焚地给李良打电话，说到了。

李良语气平淡，说："要不你先好好休息，休息好了我们再见面。"这句话如寒风般把陆丹心的热情浇了下去，她以为李良会跟自己一样迫不及待，恨不得马上就见到对方，可当她热情地告知他自己到达的消息后，他竟能如此平淡，像一杯没有温度的水。

想是这么想，心里虽然有失落、有难受、有闷气，但陆丹心还是尽量用温柔的语气说："亲爱的，我一点都不累，一想到要见到你了，我就一点都不累了。你知道整个假期我都想你，跟你想见我一样。每天都会梦见你，梦到你牵着我散步，抱着我睡觉……"

"好了，那就见嘛，你在哪里？我这就去找你。"李良打断陆丹心说。

陆丹心的心里更难受了。她确信，李良是故意的，她心里想着，见了面一定要和他理论理论。她说："那你来我宿舍楼下接我。"

李良说："我过不去，四合院那边二楼那家茶吧开门的，我们在那里见面吧！"

陆丹心心里的失望和伤痛更深了一层。李良是吃了什么药呢？她隐隐约约地感觉到，要发生什么。

李良也没多话，把电话挂了。陆丹心放下电话，洗脸，简单地化了妆，出门往他们约好的地方赶去。

李良早到了，没点东西，背对店门坐在窗前，看着窗外，坐立不安的样子。

陆丹心蹑手蹑脚地走到他身后，从后面捂住他的眼睛，说："猜猜我是谁呀？"

虽然心里不开心，但是看到李良，她心里的怒气却消了一半。做这一切的时候，她心里告诉自己，一切都不能搞砸。她自己知道，她是爱李良的。

可是李良不耐烦地扭动脖子，很快挣开了，不开心地说："你有病吧？"

陆丹心强装的微笑，瞬间凝固在脸上，差点哭出来。李良看她那样，缓和一下语气，说："坐下吧。"

陆丹心坐下了，又强迫自己微笑起来，说："亲爱的，等了好一会儿了吧？"

李良没有接她的话，而是说："快点东西喝吧。"

陆丹心哪有什么心情喝东西。她心里像打翻了一大瓶醋一样，酸酸的。她不知道发生了什么，搞不明白放假前对自己百依百顺、假期中在短信里和自己亲热无比的男朋友，突然用这种态度对待自己。她以为漫长的寒假之后见面，李良一定会热烈地拥抱自己，像每一次需要自己的时候那样，疯狂地亲吻和抚摸自己青春活力的身体。可是，李良没有。这个曾说过爱她的人，曾经热烈如火的男孩，现在正冷冰冰地坐在自己对面，一言不发，不敢直视她的眼睛。

该来的终究会来。虽然知道可能会发生什么，可是她就是不服气，她想要知道，到底为什么。

陆丹心忍住悲伤，告诉自己不要流泪，她问李良："李良，你怎么了？为什么这样冷冰冰地对我？我是你女朋友啊，是深爱你的女朋友啊，是你曾无微不至照顾的女朋友啊，你为什么要用这种态度对待我？请你告诉我，发生什么事情了？亲爱的，不管发生什么事情，我们一起面对，一起解决，好吗？好不好呀？你倒是说话呀！"

李良把目光从窗外移回来，没有看陆丹心的眼睛，而是低垂双目，看着两人之间的桌面，说："陆丹心，我想了很久，我们——"

"不要你说，求你不要说出来。"

陆丹心崩溃了，终究如她所想，发生了她隐隐约约感觉到的事情。她疯了似的站起来，隔着一张木桌，想用手去堵住李良的嘴。她情愿李良骗着她，继续和她在一起，她不要这个残忍的结局。她说："李良，亲爱的，我不要你说出来，告诉我，你什么事都没有。告诉我你爱我，要和我好好在一起。告诉我，求你告诉我！"

李良偏过头，也站了起来，躲开了陆丹心伸过去的手，斩钉截铁地说："对不起，我们分手吧！"

他终究一点也不保留地，把这个结局抛给了陆丹心。

那一瞬间，陆丹心的心里，像千万支箭穿过一样，疼痛难忍。她呆呆地看着李良，感觉眼前的李良模糊了，看不清了，像不存在一样。她知道，是眼泪迷蒙了自己的双眼，可她连伸手擦擦眼泪的心情都没有了。

"你……你说什么？"明明听得很清楚，可她还是不愿意相信这种事情会发生在她和李良身上。

在旁人眼里，他们是多么天造地设的一对！一个是旅游管理学院长相出众的美女，一个是文学院全院皆知的才子，自古才子配佳人，不正是这样吗？身边的朋友们总是很羡慕他们，连老师遇到了，都不由得夸赞。实在是太让人羡慕的情侣，走到哪里都是光芒。可是，现在，这种光芒不再了，只剩下伤痛，只剩下一丝丝的心碎，这让她如何接受？

李良清了清嗓子，说："对，我们分手吧，我们分手吧，我们分手吧。"他说得大声，像要确保陆丹心能够听清楚一样。

陆丹心慢慢地跌坐在茶吧的沙发上，眼泪早就顺着脸颊流到了脖子上，热热的。

李良也坐下来，默默地，不说一句话。

陆丹心记得，李良是善谈的。他是文学院公认的才子，小师妹们啧啧称赞的男神。文章写得动人，朗诵的时候磁性的嗓音和富于节奏的演绎会把人听得入迷；而口才也是好到进入学校辩论队，并代表学校拿过很多奖。就是这么一个优秀的人，在此时陆丹心的面前，却无言了。

　　茶吧里很安静。离学校开学还有几天时间，又是冬天，好像他们之间的话，都被冻在了空气中，毫无声息。

　　眼泪干在了脸上，脸一动，就有种轻微的干裂的感觉。陆丹心用手背触了触脸颊，问李良："为什么？"

　　李良说："陆丹心，我们在一起一年多了，曾经很快乐，但是慢慢地我就感觉到了疲惫。你想想，我们在一起，你每天晚上都要给我打电话，或者要求我给你打电话，可你知道，我很忙，有很多事情需要做，我哪来那么多时间……再者，你说是想我，其实我感觉你就是不放心我，通过电话查岗，每天聊的都是那些重复的事情，每天都要如此持续到晚上零点以后，可你不知道，每天早上我都要无比困顿地去上课。我多么想有一天能够早早地上床睡觉，睡得饱饱的，第二天精神百倍地走进教室……再比如说，你总是莫名其妙地生气，没给你打电话，生气；没让你买东西，要生气；和朋友出去，你要生气……每一次都是我在哄你，可你知不知道，我也会累。现在我累了，陆丹心，我谢谢你爱我，可是我真的累了，这样下去，迟早我们都要分手，长痛不如短痛，还不如我们现在就分手……"

　　在李良说的过程中，陆丹心看李良的眼睛越来越大。她不明白，为什么到头来都成了自己的错了，想和男朋友多说话，想时刻和男朋友在一起，想为男朋友买个礼物，甚至发个小脾气吸引男朋友的关心和注意，都错了。她心里算是明白了，所谓"欲加之罪，何患无辞"，就是这样吧。

可是，她不甘心。从心里说，她是真的爱眼前这个人的，不仅仅是爱他的才华，其他也爱，爱他好的一面，也爱他坏的一面，什么都爱。在此之前，她有过两个男朋友，甚至把自己的身体给了其中一个，但她都不曾如此地爱他们，不曾在分手的时候如此伤心。李良让她知道什么才是用心去爱，什么才是破除了好奇和虚荣的爱情。她相信，这就是所谓的真爱，因为她连他的缺点都爱上了。她想要为自己争取，她说："李良，可不可以不分手？你知道我爱你，我也知道你爱我。以后我会改的，请你给我时间。"

李良面无表情地摇摇头，说："对不起，我不会回头的，你好好的，我走了。"他说走，就真的起身走了。透过窗户，陆丹心看见他的背影渐渐地消失在萧条的视野里。他竟然头也未曾回一下。

李良走后，陆丹心呆呆地坐在茶吧里，一时不知道该怎么办。眼泪又止不住地流了下来，她索性懒得管，任由眼泪往下流。茶吧老板是三十几岁的中年男子，在收银台看了她好久，给她倒了杯热水过来，轻声说："你想哭就哭吧，我给你把帘子拉上。"虽然帘子把自己和本来就没人的茶吧大厅隔了起来，但她却哭不出声来，倒是眼泪像决堤的洪水，哗啦啦往下流。

在寝室睡了几个小时后，陆丹心决定出去走走。天色向晚，她顺着山路下了山，进了清溪国家湿地公园，然后很不幸地，掉在了水里。

这一天真够倒霉的。宠着自己的男朋友离自己而去，就连出来散步，也要掉到河里。想着这些，她的心里更难受了，也不管身边来来往往的人，蹲在河边的台阶上放声大哭起来。路过的人们，都好奇地看着她，不知道这个年轻的姑娘，到底发生什么事情了。

陆丹心正哭着，突然有人拍她的肩膀，在耳边问："你怎么了？"她抬起泪眼，就看见了马力的脸。那一刻，她的脸通红，沾满泪水，头发凌乱，极为落魄。

她一眼就认出了马力，这个男人，在放寒假之前，还帮过她一次。

那时候马列学院的考试科目，陆丹心贪玩了些，考得极差，知道自己一定考不过，跑到老师办公室去求情。科任老师冷面无情，把她骂了一遍，说："再求情也不管用。"这时候马力走了进来，对科任老师说："差不多就算了，我们马列学院的课，也没那么重要，学生知道错了，以后好好学就是。"陆丹心感激地看着马力，马力对陆丹心说："小同学，以后好好学，不好好学，下次可没人帮你。"

这是她第一次见到马力。

她是旅管学院的学生，所以对马列学院的情况不了解，回到寝室，和大家谈起，才听说，他是马列学院的副院长。室友们都说："肯定没问题，一定会过的，副院长都发话了，那老师肯定不好挂人。"可是，很不幸，成绩出来的时候，陆丹心的分数还是赤裸裸地停留在六十分线下。虽然最终挂了，但对马力，她心中是感恩的。毕竟作为副院长，能这样关心学生，已经很不错了。

她没想到再次见到马力，竟是这样的落魄姿态。她窘迫地站起来，说："马院长，我——"

马力适时地伸手拉住了她的手臂。要是马力不出手，陆丹心极有可能再一次掉落水中，因为她蹲了有些时间了，腿已经麻木，站起来的时候，腿一麻，身体又向河里倾斜而去。而一旦掉下去，可没有前一次幸运，因为下面正是深水区。

"小心点。"马力把陆丹心拉离河边，说，"你……你……什么丹来着？"

陆丹心擦了擦眼泪，说："陆丹心。"

马力说："哦，对，陆丹心，你怎么了？怎么一个人在这里哭？"

陆丹心不可能告诉他自己失恋了，她说："没事，我没事。"

"还没事呢，眼睛都哭肿了，是不是遇到什么伤心事了？给我说说。"马力拍拍陆丹心的肩膀，示意她往前走。

陆丹心说："真的没事，马院长，您先走吧。"毕竟是领导，走在一起多尴尬啊，又没什么话题，陆丹心不想和他一起走。

马力说："这都天快黑了，你一个女孩子这么走着，也不安全，何况还哭成这样。作为一名老师，我是不能让你独自一人在这里走的，难道你忘了半年前发生在这一带的变态杀人事件了？"

马力这么一说，陆丹心全身打了个哆嗦。陆丹心记得那一系列让人毛骨悚然的变态杀人事件，在不到一个月的时间里，在清溪包括湿地公园在内的几个地方，相继发生了数次杀人事件。当时警方猜测，凶手可能心理有问题，警方把通报会都开到了陆丹心所在的大学，通报案件情况后，要求全校师生尤其是女性尽量减少外出，万不得已外出，必须几人做伴。那段时间，网上也闹得沸沸扬扬，人心惶惶。警方出动了很多警力，一无所获，半年过去了，这些事很快就被其他新闻淹没了。那时候，陆丹心还撒娇地问李良："如果我们遇到变态杀人凶手，怎么办？"李良当时振振有词，说："亲爱的你放心，我们不会遇到的，就算遇到了，还有我呢，我会保护你的。"想起这个事情，陆丹心就又想起李良当时对自己的好，心里又难受起来。

马力看陆丹心出神，伸手在她眼前晃晃，说："陆丹心同学，赶紧走，和我一起回去吧！"

经马力这么一说，陆丹心哪里还敢一个人回去，听话地跟着马力往回走。

湿地公园人渐稀少，剩下稀稀落落的，都是相互勾肩搭背的情侣。陆丹心跟着马力边走边聊，沿着缓缓流淌的清溪河，向学校的方向走去。马力那天穿着运动服，脸上有汗，他说是出来跑步，跑完了就顺着河边走走，没想到会遇到陆丹心。他有一句没一句地和陆丹心聊着天，像一个老师和一个学生那样聊天，也像一个关心后辈的长者和一个无助的后辈那样聊天，多半是马力问，陆丹心答，从家庭，到学习。

"那么伤心，要么是家里出事了，要么是感情问题，但我猜是感情问题。"马力边走边说。

陆丹心好奇地看着马力，眼神中有疑惑。

马力笑笑，说："离开学还有几天，如果是家里出事，你不可能在这里，应该还在家里，只能是感情问题。何况你还提前回到学校。这么冷的天，提前回学校的，多半是谈恋爱的。我没猜错吧？"

陆丹心点点头。

"孩子，感情这种事，向来都是分分合合，看淡点。你现在还年轻，未来还有更好的人等着你，还有更精彩的人生。再说了，即便你们现在不分手，谁能保证一定能够走到最后？我从你们这个年龄走过来的，现在又做了老师，在高校工作很久了，这种事情看多了。不是我说话绝对，大学里的爱情，很多都是靠不住的。"

陆丹心说："老师说得挺有道理的，我就是一时受不了而已，会很快过去的。"

"那你怎么湿了裤腿，不会是想不开吧？"

"不是的，是我走路不小心，掉进河里了，加上失恋，一下子觉得难受，就哭了。马院长，我觉得自己今天好丢脸啊。"

"那倒也没有，谁年轻的时候，不为爱情流过眼泪呀！

终究，你要学会面对感情的变故的，慢慢地，你会发现，很多时候，是不值得你难过和流泪的。"

很快他们就走到学校山下，在路边搭了公交车，回到了学校。下了车，马力把陆丹心叫住，在旁边超市买了一包奶糖，递给陆丹心，说："同学，想开点，回去好好睡一觉，很快就没事了。要相信自己，没有过不去的坎儿。"

"嗯，谢谢马院长。"陆丹心点点头。

马力递过来一张名片，接着说："学校没什么人，离开学还有好多天，有什么事，联系我。"

02 ////

　　整整一天，陆丹心都窝在寝室里。先是睡了半天，然后爬起来，泡泡面，然后开始收拾东西，把一切与李良有关的东西，都一样不剩地找出来。

　　陆丹心是骄傲的女孩，家境很好，从小就被家人捧在手心里，加上人长得漂亮，总被男孩子们围绕。上了初中后，男孩子们的情书雪片似的飞来，羡煞了班上的其他女孩子。高中的时候，人长得更漂亮，加上在艺术培训班学美声，所以有很多追求者，骄傲的她在高中就谈了两次恋爱，一毕业就把对方给蹬了。

　　和李良是大学的时候认识的。军训的时候，旅游管理学院的新生和文学院的竟然在同一块操场上。那时候大家都是初来乍到，因为陌生，所以胆大，训练之余，教官鼓动大家到主席台上去唱歌助兴，陆丹心就屁颠屁颠地跑上去了，唱陈楚生的《有没有人曾告诉你》。她嗓子好，又学过音乐，轻松唱完，效果很好，下面掌声一片。

刚下台，就有一个男生跑来，大大方方地说："你好，我是李良，文学院的新生，请问你叫什么名字？"

陆丹心对这样的情形见怪不怪，一般情况下，她是不理会的，但这可不是一般情况，因为，李良是那种长得帅的男生，且说话的时候声音又那么具有磁性。虽不至于说喜欢，但至少印象是挺好的，陆丹心一下子就来了兴致，问李良："请问你要干吗？"

李良说："交个朋友呗，你唱歌真好听，以后还想继续听你唱歌，不知道还有机会没？"

正在他们交谈的时候，休息的新生们发出阵阵的起哄声，他们像突然发现一件有趣的事情一样，拿出了身体里全部的力气发出足够夸张的呼声。好像只有这样，才能消解他们被教官日日摧残产生的荷尔蒙。

陆丹心咯咯地笑，大号的迷彩服包裹不住她蠢蠢欲动的身体，在晃眼的阳光下花枝乱颤起来。她说："你真有趣，但你不觉得，当着这么多人的面拦着我，不会觉得我会难堪吗？给个理由吧！"

李良得意地一笑，说："我知道会让你难堪，可是也许这次不拦住你，很有可能我以后都遇不到你了。这学校不大，但也不小，那么多花花绿绿都一个样的新生，只要你转身，我很快就会找不到你。我不想让自己后悔和难过，只有这么突兀地拦住你，让你难堪了。"

陆丹心对李良的回答是满意的，眼前这个陌生的男孩，她也是满意的。这样帅气的男孩带出去，也定是能给自己带来足够的面子让人羡慕忌妒的。她说："那你可得记好了。"说着口述着把电话给了李良。转身的时候，李良在身后说："你还没说名字呢！"

那天午饭的时候，陆丹心就接到了李良的短信："你好，我是李良。"陆丹心明知故问："您好，我不认识李良，您是不是发错了？"就这么一来二去，他们就熟络了。

军训结束的那天晚上，陆丹心和室友们出去大吃了一顿，回到寝室洗了个澡，刚舒舒服服地躺下去，就听到宿舍楼下人声鼎沸的，嘈杂中好像有人在喊谁的名字。声音越来越大，竟从一个人的声音变成了一群人的声音，让陆丹心不可置信的是，那个被喊的人，是自己。

室友跑到阳台上，跺着脚大声喊："哇哦，快来看，陆丹心，你快来看，下面有个男生给你表白。"

陆丹心瞬间就知道是李良了。她到学校也就半个月，唯一可能的就是李良。

果然，楼下的人群中，李良正站在由点燃的蜡烛摆成的心形中间，抱着一束鲜花，仰着头，大声喊着："陆丹心，我爱你。"

围观的人跟着李良的节奏，帮着腔。

"陆丹心——陆丹心——陆丹心——陆丹心——陆丹心——"

陆丹心在室友们的推搡下，无奈地下了楼，站在李良的面前，然后又形势所迫地和李良抱在了一起。

连陆丹心都说不清楚，那时候的自己到底爱不爱李良。要说爱，太假了，他们才认识不到十天，可是好感是有的。李良是那种大部分女生看来都喜欢的人，做男朋友，该是相配的。加上当晚那种表白的阵势，人群簇拥，她和李良都被牢牢地困在中间，即便想逃，也逃不出去，李良单膝下跪，大有不到黄河心不死的气概。围观者又一浪一浪地喊着"在一起、在一起、在一起"，她也就莫名其妙地和李良抱在了一起。

当他们抱在一起的时候，人群中爆发出如雷般的掌声，像一场巨大的喜剧落下圆满的帷幕，围观者的呼声从"在一起"变成了"亲一个"，不断重复，直到李良有些胆怯地把嘴唇碰上了陆丹心的脸颊。原本他要亲陆丹心的唇的，可是陆丹心躲开了，所以他顺势就亲在了脸颊上。

陆丹心确信，李良是胆怯的，这个看起来能说会道的男生，在爱情面前还是胆怯的。事实证明，李良对于男女爱情的事情，远比陆丹心想象的还要简单。当陆丹心主动地把舌头伸进他的嘴里的时候，他身体的颤抖都让陆丹心感受到了。

如果说，开始陆丹心只是尝试着，抱些试探的态度，又不失虚荣之心地和李良在一起；那后来，随着时间的推移，交往的深入，陆丹心就渐渐陷入进去了，完完整整地交出了自己的心。

李良和她之前的两个男朋友都不一样。和他们比起来，李良浪漫，充满活力和激情，带着她做很多疯狂的事情：在宿舍楼下，当着来来往往的同学，将她吻得喘不过气来；带着她旅行，在悬崖之巅，大声喊她的名字，说爱她；有空的时候，都会陪着她，一起上课，一起去图书馆，一起出现在彼此的朋友圈里，成为大家眼中的金童玉女。甚至假期的时候，李良还想去陆丹心家里，用他的话说，丑女婿迟早都是要见岳父岳母的。这让陆丹心极为感动，可她知道不能带回去，毕竟未来漫长，还有更多可能性，她安抚李良说："亲爱的，一定会有你去见我爸妈那一天的。"

把所有的东西收起来，竟然有不小的一堆：生日的时候李良送的大毛绒熊、各种节日送的小礼物、一起旅行时拍的照片和买的纪念品，等等。陆丹心计划着，等天黑了，拿出去丢在垃圾桶里，这些东西，白日里丢太惹人眼了。

把能收的收好后，陆丹心开始删电话、QQ，还有与李良有关的说说、留言。这可是一项巨大的工程。这世界上大部分的情侣都是这样，恋爱的时候，一件小事都能大发感慨，恨不得让天下人都知道自己的幸福；等到分手了，才发现，当初留下这么多的东西，真的是够傻的行为。花了好长时间，陆丹心才确认，网络上所有与李良相关的东西都被自己删除了。

当她舒了一口气，一眼瞥见手腕上的手链，突然又陷入沉思。那是一次他们俩出去旅游，在古镇上请刻字的人刻的，他们彼此戴上了刻有对方名字的手链。当时李良激动地在人流中抱紧她，说："丹心，以后我们不在彼此身边的时候，只要看看这个手链，就能感受到对方思念的心了。"

可是，如今，我多么想，你不曾说出分手，多么想你还在我身边，而你哪里去了？你在干什么？是否也在想我呢？陆丹心回过神来，扯下手链，丢向那堆"废物"。

丢了与李良有关的东西，陆丹心的心里畅快了一些，好像这么一做，心里的痛就轻了许多。转身的时候她在心里告诉自己：陆丹心，李良不值得你这样，这样混蛋的人，能死多远最好死多远。

然后她给马力发了短信："马院长，我是陆丹心，我刚把所有与他有关的东西都丢了，我已经决定彻底忘掉这个人。昨天真的是谢谢你了，要不是你点拨，我现在还不知所措呢。你真的是一个好领导、好老师。"

马力没有回信息。他忙吧。陆丹心心里想。

晚上十点多，陆丹心已经躺下。寝室里除了她再无第二个人，其他人都还在温暖的家里，原计划这个时候应该在某个小宾馆里躺在李良的怀抱，可早已计划好的二人世界终究成了她独自一人面对寒冷，所以她早早地就上了床，拿着手机看电影。

是马力主动打电话过来的，马力在电话里先表示自己才看到短信，向陆丹心致以歉意，又对陆丹心能够懂得他说的道理表示欣慰。他说话的时候声音温和，是经历过时间洗礼不骄不躁的语气，让陆丹心喜欢，有一瞬间让陆丹心感觉是在和父亲通话。

他们聊着聊着，聊到马力的孩子，一个十六七岁的高中生。马力说自己高校工作干了很多年，却搞不定自己的儿子。现在在市实验中学读书的儿子三天两头给自己找麻烦，一个学期他要被孩子的班主任叫去谈话好几次。陆丹心识趣地安慰他，以一个和他儿子年龄相仿的孩子的身份，说些温暖的话。

末了，马力说："要是我儿子像你这么听话，估计我就不用这么操心了。"

陆丹心笑着说："看马院长这话说得，我哪里有福气当您的孩子呀。他只是调皮而已，等过两年，一定会懂得您的苦心。"

挂了电话，马力补来一条短信："陆丹心同学，收拾好心情，好好睡一觉，明天醒来，又是美好的一天。加油，我相信你！"

陆丹心看了会心一笑，心里暖洋洋的。

03 ///

　　面对失恋，大部分人都有一副坚强的面容。他们在人前做出强大的模样，面对分手那一刻也多半能潇洒挥手，但轮到一个人的时候，却又止不住伤心难过。陆丹心就是这样，深夜的时候把事情想得通透无比，突然觉得其实一个人也挺好的，用不着一味付出，用不着担心别人，但天亮醒来，看到寝室空荡荡的，突然又极度想念李良。

　　毕竟是自己深爱的人，哪能说忘就忘。她终于还是忍不住给李良发短信，虽然手机里的电话删除了，但心里的那串数字，却不是随便就能删除得了的。她一动了联系李良的念头，手就不由自主地将心里的那串数字输入了手机，她说："李良你在干什么呢？你都不想我吗？为什么你可以做到这样？"发完又晕晕沉沉睡去。再醒来的时候，看到李良的回复，字句简短："陆丹心，我们已经分手了，可以的话，以后不要再联系。"

看着短信，陆丹心心里又难受起来。想起李良刚开始追她的时候，每天不断地给她发短信，她稍微一生气，他马上低声下气来求和。可现在不一样了，现在分手了，热情的李良早就不知去向，只剩下冷冰冰的毫不留情的李良。

陆丹心把短信记录删除了，爬起来洗漱。时间临近中午，肚子早就饿了，咕噜咕噜叫了几声。正洗脸，手机来了短信，马力说："小朋友，醒了没有？还没吃饭吧？"

陆丹心一手拿着毛巾，一手在手机上操作，回复马力："马院长，刚起床，是有点饿了。"

马力说："那就出来一起吃早餐吧，虽然时间已经是中午了，为了庆祝你恢复单身，我请你。"

陆丹心心想：待在寝室也是待着，加之独处久了也说不定会出什么心理问题，就答应了。马力在学校门外的一家卖粥的小店等陆丹心，随后热情地为她拉椅子，看着她的面色，说："陆丹心同学，没睡好吧，眼圈那么黑，一场失恋至于吗？"

陆丹心不好意思地把头低下去，只顾着喝粥。

马力接着说："我就知道会这样，你们这个年纪的小孩，失恋都有类似的症状。唉！不过我们年轻的时候也是这样。"

喝完粥，他们走出粥店。这一天天气非常好，太阳照在身上暖暖的。马力提议出去走走，说陪陆丹心散散步，不能让她一个人窝着，关心学生，本来就是一名老师应该做的事情。

走在路上的时候，马力兴致很高，说起了自己的初恋。那年头不像现在这样开放，男孩女孩长到二十来岁，谈恋爱还要偷偷摸摸。就比如他就喜欢一个姑娘，是邻村大户人家的孩子，长得漂亮可爱，但是他不能说。那时哪里敢像现在这样明目张胆……

说到往事，马力的面容中露出微微的红晕，像突然回到年轻岁月，和自己心仪的姑娘交谈一样。这样推心置腹的话，让陆丹心觉得自己和马力的距离近了许多，不再像高高在上的学院领导，反倒像一个脾气温和、善解人意的邻家大哥。眼前的男人四十多岁的模样，身材并未走样，也许是保养使然，气色很好，看起来像只有三十多岁一样，说话的时候眉间偶尔皱起，反倒让整张脸更加具有魅力。陆丹心心里想，这样的男人，倒退十年二十年，定是姑娘们簇拥、喜欢的帅哥。而今经过时间洗礼，神色间又多了些被尘世所赋予的睿智和从容，看起来温暖舒服，让人放松和安心。

她喜欢这种感觉。没有压力，像熟识的朋友交谈。

马力说完自己的事情，呵呵笑着，说："你看，我年轻的时候也是这样，当她出嫁的时候，我也去她们家吃酒席，一个人喝得酩酊大醉，唱着歌回到家，一醉就是两天。不论什么时代的人，面对爱情都是一样无助，因为无论时代如何发展，爱情的本质都是一样的。怎样，陆丹心小朋友，你也说说自己的事情吧。"说话的时候，他轻拍了下陆丹心的头，随意的样子，像父亲抚摸孩子，像大人抚摸小孩。

陆丹心当然不好意思说起自己的往事，一件也开不了口。虽然他给她的感觉是没有压力的，但她也知道，他是学院领导，是和她并不熟悉的平常男人。

在陆丹心的感情史里，加上李良，曾有过三次认认真真的恋爱。第一次出于虚荣，和全校第一名在一起，可是在一起后才发现，他只会学习，一个学期下来，约会还不到十次，她果断分手。后来又和艺术培训学校的音乐老师在一起，那是个浪漫的男子，他们有更多时间相处，因为每天课后和部分周末，陆丹心都会去艺术培训学校学习音乐。他们在一起很快乐，虽然陆丹心不知道什么是爱情，但她确实感受到和他在一起是快乐的。高三上学期，某一天寒冷的夜里，在他的办公室，他将陆丹心压在不大的沙发上，动作娴熟地剥去她身上的衣服，抱住她雪白的身子，在她的挣扎中分开她的大腿，粗鲁地要了她。那一刻，疼痛让她泪流满面，绝望无助，她知道，他并没有那么爱她，面对沙发上留下的血痕，他只是淡淡地说："啊，你竟然是处女。"这句话让陆丹心痛上加痛，她一声不吭地穿起衣服，没说再见，离开了艺术培训学校。那之后她再也没有找过他，就这么断了联系，也放弃了原本已报名的艺考。有过一段时间的伤心，但她很快振作起来，投入新的学习中。但因为学音乐废了很多时间，文化课底子不好，拼了九牛二虎之力，才勉强考上当下在读的这所普通院校。除了这些，高中陆丹心也像模像样地和几个男生交往过，但每一个都不曾用心，不足为外人道。而这些情事，不论哪一件，都不适合对马力说起。

马力笑笑，说："理解你，不说也可以，你唱首歌吧。看你笑都不笑一下，唱首歌，一来让你自己高兴一下，二来这样我们也公平点，如何呢？"

唱歌陆丹心拿手，她可是认真学过音乐的。一曲唱完，马力在旁边使劲鼓掌："唱得太好了，一听就是练过的。"

这样的恭维让陆丹心心里美滋滋的，她张开怀抱，拥抱迎面而来的风。虽然出了太阳，但风吹来的时候，还是有些凉的。她说："你知道吗，我已经很久没有这样自由地散步了。谈恋爱的时候，大部分时间用来约会，出入教室和图书馆、外出的时候也是跟男朋友在一起，那种感觉和这种感觉不一样，感觉是被束缚的，这种久违的感觉，让人欢喜。"

很快一个下午就过去了。他们在清溪街头的特色小店吃饭，地方风味十足的小菜，吃起来极为享受。马力热情地为她夹菜，叮嘱她多吃些，问她是否合口。除了父母，再没有第三人这样对自己，和李良在一起的时候，都是她给李良夹菜。陆丹心享受这种被照顾的感觉，自己什么都不用做，只吃菜就行了。这是温暖的一天，不仅气候，内心也是。

饭后马力开车回学校，将她放在学生宿舍区门口，并说道："小朋友，回去好好睡觉，明天我联系你。"进宿舍区的时候，陆丹心感觉是安全的，因为知道身后有人在关注自己。往回走的路上，她突然想给李良发短信，不得不说，她还是想李良的。可是她很快就克制了自己的冲动，告诉自己要做那个骄傲、强大的女子。她给马力发了一条短信，说："马老师，今天谢谢你。"

事实上发短信不是为了言谢，而是因为想说说话。看来马力深谙此道，赶紧回复她："是不是有什么话想说？"这让陆丹心觉得，马力这样的中年男人，才是真正懂女人的。

到寝室门口的时候，陆丹心发现门与地之间的缝隙里透出光线来，知道有室友回来了。她不好贸然开门，轻轻敲门。寝室里随后传来室友钟玲的声音，那声音里有一丝丝的颤抖，像正在做什么事被人惊扰到一样。

钟玲慌慌张张地问："谁呀？"

陆丹心说："我，陆丹心。"

"你等一下啊，我这就给你开门。"钟玲大声说着，随后寝室内又发出一些声响，钟玲才轻轻把门打开，露出一张红彤彤的脸，说："快进来吧！"

寝室里，除了钟玲，还有钟玲的男朋友陆平。陆丹心看到陆平也在，就知道刚刚发生了什么事，有些不好意思地说："那个，钟玲，要不，我先出去玩会儿。"钟玲拉住她："玩什么呀，这么冷的天。"陆平笑了笑，对陆丹心点头，说："我还有点事，先走了，你们俩聊着。"钟玲不舍地看着陆平的背影，等陆平快要出门，又把他叫住，跑上去和他拥抱，送他出去。

事实上，整个寝室，除了钟玲，没有人喜欢陆平。不仅不喜欢，甚至可以说是极度讨厌。陆平是哲学系的老师，去年秋天才进入这所学校。在此之前，他曾是国内某名牌大学本科生，某研究院研究生，南方某211大学博士和博士后，专修宗教学。去年秋天，被学校作为特殊人才引进，开始了自己一年的试用期。大家不喜欢他的原因，主要是他太邋遢了，不修边幅，不论从装饰还是谈吐，都不像一名大学教师，反倒呈现出猥琐的一面，但偏偏钟玲就是喜欢他。

钟玲来自海南，家是海南乡下的，父亲早逝，由当小学教师的母亲一手拉扯大，也许是因为在单亲家庭长大，造成钟玲内向，不善于与人相处的性格。至于她为什么喜欢陆平这样邋遢的、看起来猥琐的老男人，按照陆丹心的猜测是，钟玲父亲早逝，从小跟随母亲生活，缺少父爱，刚好在陆平那里找到了这种感觉，所以一下子就陷进去了。但这仅仅是猜测，钟玲坚持自己对陆平是爱的，很爱。

对，钟玲对陆平是爱的，这大家都看在眼里。刚开始那时候，陆丹心劝她："你找个什么样的不行，怎么找了个那么大年纪的？年纪大也就算了，还那么邋遢。"钟玲说："你不知道他对我有多好，失去他我会疯了的。"陆丹心说："可是钟玲，他哪里配得上你。"两人说着说着，吵了起来，钟玲觉得陆丹心管太多了，陆丹心觉得钟玲太不理智，眼光有问题。发展到后来，寝室里都没人再敢说陆平的不好，谁说，钟玲准会跟谁翻脸。

据钟玲说，她和陆平是在文学社认识的。钟玲自小喜欢文学，因为母亲忙，她慢慢迷上了阅读，渐渐也想写写东西，而自己本身也经常多愁善感的。进大学后，她踊跃地报名加入学校里一个文学社，有活动的时候搬凳子、发传单，开会的时候负责吃瓜子、喝茶，完了之后是打扫卫生的称职社员。去年秋天的时候，文学社招新，快到下午没啥人的时候，突然出现一个中年人，说要加入，这个人就是陆平。陆平的档案表让文学社招新人员产生了极大兴趣。

这个三十多岁的博士后教师，加入文学社，是文学社多么大的荣幸呀。钟玲就是当时的招新人员，几天后开新老成员见面会，也是钟玲亲自给陆平打的电话，两人一来二去就熟络起来了。熟悉后，陆平总是隔三岔五约钟玲出去，吃饭、喝茶、散步。有时候，也邀请钟玲去听他的课。等到陆丹心等室友发现的时候，钟玲已经和陆平确定了恋爱关系。

陆丹心想到刚刚陆平和钟玲的神色，心里知道这两个人是想在寝室亲热，刚好被自己破坏了，心里一时说不清楚是内疚还是侥幸。正想着，钟玲回到了寝室。

"哎呀呀，好冷呀！"钟玲跺跺脚，说，"这都马上三月了，还这么冷。丹心，你说，这不已经是春天了吗，怎么还这样冷啊？"

陆丹心说："按照书上的说法，现在春天都快完了，但事实是，气候上现在还是冬天，所以我就觉得吧，春天应该从三月开始，三四五月为春天。这样推算下来，一年四季才赶得上实际的气候变化，你说是不是？"

钟玲没有接着陆丹心的话，她脱下大衣，拿水壶在洗手间接满了水，把藏在抽屉里的电老虎拿出来，开始烧水。"丹心，你怎么这么早就回来了？"

陆丹心说："我都来几天了。刚才真不巧，不知道你们在，早知道，我就多逛一会儿再回来，那样就不会打扰你们啦！"

钟玲低着头，掩饰自己的窘迫，然后说道："看你说什么呢？我们什么都没干哦。"

陆丹心哈哈笑了，说："亲爱的，别装啦！"

"去去去，你要不要烧水啊？我帮你接水。"钟玲转移话题说，"你怎么这么早就回来呀？哦，不用你说，我知道了，来找李良吧？唉，原来我们都是这样的，要不是太想陆平，我现在还在温暖的家里呢，哪里会这么早跑到这个冷冰冰的寝室来。"

陆丹心没说话，她打开一本小说，翻开第一页，作者写道：恋爱的时候，我们认为什么都是值得的，直到失去，我们都还强迫自己相信，即便没有了爱情，那些曾经的付出也都富有意义。可是直到某一天，我们都累了，倦了，折腾不了了，才明白：从一开始选择一个合适的对象，或者一个安稳的结局，是多么的重要……

钟玲在旁边说："我们家陆平说等天气好了，就带我出去玩。我们去云南，到时候他想办法给我请一个星期的假，我们准备把整个云南都玩个遍。对了，亲爱的，要不，你和李良也和我们一起吧，一起多好啊，人多才好玩。"

"我们分手了。你不要再提他。"陆丹心这句话忍了一会儿了，她实在是烦了钟玲李良来李良去的。

"什么？你们分手了？不是吧？你骗我的吧？是不是闹别扭哦？放心啦，闹别扭正常的，你看我和陆平，三天两头都在闹别扭，这不还好好的？你和李良那么般配，怎么可能的吗？"

"你看看这寝室里还有半点与李良有关的东西吗？"

钟玲环顾寝室，脸上才现出相信的神色："到底怎么回事？"

"没怎么回事，说起来很烦，不想说。"

"好吧！那你一定要想开，没事，亲爱的，春天来了，桃花也要开了，重新找一个，他李良算什么啊。"

这时候，陆丹心的电话响了，是马力打来的。看着马力的名字在屏幕上跳动，她才想起忘记给他回复信息了。正犹豫着要不要接，钟玲摇着她的床说："亲爱的，电话，接吧。"

马力在电话里用很关心的语气问她怎么不回复短信，问她累不累，叮嘱她要用热水泡脚，早点休息。

挂了电话，陆丹心的心怦怦跳。她说不清到底是因为马力给自己打了电话如此关心自己，还是因为担心钟玲知道马力对自己的关心。

钟玲随意地问道："亲爱的，谁给你打电话呀？"

"我叔叔呢。"陆丹心撒谎了，但她自己不知道为什么要撒谎，不知道为什么怕被钟玲知道。

到了深夜，钟玲接了一个电话，对陆丹心说："亲爱的，对不起，我不能陪你了。"

陆丹心知道怎么回事，问她："又要去陆平那里？"

钟玲点点头，说："他刚在电话里说，特别想我去陪他，哎呀，我根本控制不住自己，也根本拒绝不了他。"说话的时候，钟玲像个不懂事的小女生。

陆丹心有些不高兴，她是关心钟玲的，大学一年多来，除了和各自的恋人在一起，其余时间里，她们都是相互陪着的，一起上下课，一起吃饭，甚至上厕所，也要拉上对方。她不高兴，不是因为钟玲把自己丢在寝室，而是这么晚的时候，陆平还要把钟玲叫出去。她说："这个陆平也真是的，这么晚了，想你又不来接你！"

钟玲为陆平辩道："亲爱的，陆平在来的路上，我出去差不多他就到啦。好啦亲爱的，我得走啦，你起来把门关紧哦。"

"那你小心点。"陆丹心边关门边对急急忙忙往楼道走的钟玲说。

陆平住在学校教师宿舍，一个一室一厅的小套间。陆丹心去过一次，房间哪儿都是乱乱的，陆丹心坐都没坐，站了一会儿找了个理由就先撤了。那个地方是钟玲和陆平的温柔乡，大部分的周末，他们都窝在那里，有时候不是周末，钟玲也会跑到那里去，和陆平卿卿我我到了深夜才回来。

自从陆平把钟玲带到了自己的宿舍后，钟玲就担负起了帮陆平整理房间、洗衣做饭的重担，而且还乐此不疲，从中深深体会到了作为小女人的快乐和幸福。

当然，这让陆丹心极为不爽，她认为细皮嫩肉的钟玲，怎么可以这么给陆平当牛做马呢，再说了，陆平长成那样，一点也配不上钟玲。但钟玲不这样认为，她曾不止一次面对陆丹心的不解时说："亲爱的，你跟我不一样，你无论跟谁恋爱都是对方伺候你，可我就是习惯伺候人，这大约是从小养成的习惯，其实也不能说伺候人，只能说，既然我爱一个人，我就会尽我最大努力去照顾他对他好，而你不同，你是爱一个人就希望对方也这样尽最大努力对自己好……"陆丹心说："钟玲，可是你这样一味付出，值得吗？万一有一天，你们分开了，你不是一切都白付出了？"钟玲说："到现在我都不敢想我们分开后我会怎样，我是真的把自己全部都交出去了，陆平是我的初恋，我希望他是我一生唯一的那一个人，所以我才会这么付出。如果他不要我了，也许我会疯的。可是我能怎样呢，我控制不住自己对他好呀！"听着钟玲的话，陆丹心有些心疼。她说："不管怎样，钟玲，你要学会保护和照顾自己。"

钟玲走后，寝室里难得的一小阵热闹也消失了，恢复到冷清安静的气氛。陆丹心把水烧好，用热水泡脚的时候，她下意识地打开电话，给马力发短信："我在泡脚，用热水呢，哈哈，用电老虎自己在寝室烧的哦。"

马力回复说："真听话！不过，电老虎可是学校禁用的，不安全，以后要注意。"

陆丹心觉得马力回复的语气怪怪的，尤其那个"真听话"，但她心里又感到温暖，甚至有些迷恋的感觉。他们你来我往，马力都称呼她为"乖"，或者"小孩"，很亲切。而她也觉得四十多岁的马力，好像变成了一个跟自己同龄的男子，对自己说温暖的话，关心自己。

有一瞬间，她使劲对自己摇头，问自己这个男人为什么对自己这么好。

马力是不是想泡我？这个想法吓了陆丹心一跳。

"也许，是自己想多了吧，人家是老师，关心学生，也属正常。"陆丹心赶紧对自己说。

04 ⁄⁄⁄

　　临近开学，同学们都陆陆续续地回来了。室友们也都回来了。

　　这个六人的寝室，大一才结束，就离开了三个，其中一个是姑妈家在清溪，搬去姑妈家住，两个是谈恋爱和对象在校外家属区租了房。剩下的就是陆丹心和钟玲，以及陆丹心和钟玲都不太喜欢的杨菲菲。

　　杨菲菲人长得小巧玲珑，偏偏胸部发育得极好，走在路上一蹦一蹦的，像一对小兔子。新生入校的时候，杨菲菲是由一名中年男人送来的。那辆黑色奔驰停在学校广场上，杨菲菲戴着太阳镜走下来，对接新生的同学大声喊："谁来帮帮我啊？"据说那次她基本上把生活中可能用到的东西都拉来了，因此学生会动用了七个人的队伍，才把她的行李搬到了寝室。刚进寝室，杨菲菲就发出夸张的声音："天啦，这都是什么寝室？还没干爹家的洗手间大，连个空调都没有。"站在她身后的中年男人说："哎呀，菲菲，你就别挑了，这种破地方，能有什么好寝室，你要是有什么需求，给干爹说一声，干爹给你在外面租个房子，让你一个人住大房子。"杨菲菲说："那不行！我是来读大学的，当然也要和同学们住在一起，你说是吧？"

中年男人走的时候，杨菲菲依依不舍地把他送出宿舍楼门口，中年男人做出要拥抱杨菲菲的动作，杨菲菲后退一步，环顾四周，把他给拒绝了。帮她送行李的几个学长都看得目瞪口呆，等中年男人走了，一个好事的学长凑上去，笑着说："美女师妹，刚才那个是你什么人呀？"杨菲菲看也不看他一眼说："你聋呀，没听到我叫他干爹吗？"搞得问的人一脸尴尬。

杨菲菲对于陆丹心和钟玲的爱情一直都不屑一顾。她曾充满嘲讽地说："你们谈什么恋爱呀，学校里面这些小男生，要什么没什么，跟他们恋爱，真是浪费，也只有你们这种货色才会跟他们混在一起，本大小姐我就从来不正眼看他们。这年头，外头有很多优秀的男人等着我们呢，何必要在学校里浪费光阴。"

陆丹心和钟玲都不知道杨菲菲到底什么来头，只知道她有一个很有钱的干爹，因此她们猜测，她们家一定也是很有钱的。因为她们觉得，有钱人都是只和有钱人玩，杨菲菲能有那么有钱的干爹，家里肯定也不差。杨菲菲的干爹经常在周末来找杨菲菲，每次都开车到学校把她接走，第二天才回来。有几次杨菲菲有意无意充满炫耀地透露，说干爹家在市里有房子，只要回市里住，都会叫她去吃饭什么的。有次钟玲多嘴地问："就你和你干爹吗？"杨菲菲马上激动起来："不是啊，还有干妈，还有干爹的两个孩子，也就小我几岁，每次去他们都舍不得我走，留着我多住些日子呢，要不是课业忙，我也想一去就住几天呢。""可你干爹好像来市里住的时间挺多啊，基本上每周都来一次哦。"钟玲说。这可惹怒了杨菲菲，她不开心地说："你有病啊，关你什么事？我干爹关心我，你吃什么醋啊，你个乡巴佬……"

杨菲菲是一个骂人时从不吝啬言辞的人，当然讽刺人的时候更是毫不留情。这不，刚推开门，看到坐在床上的陆丹心，就开始了。

"哎哟，一个人在呢，没人陪你吧，哈哈，你们家的那个小白脸李良都已经牵着别人公开出双入对啦。"语气中尽是讽刺。

陆丹心心里一阵厌烦，她说："哟，不就一个男的嘛，姐不缺，是姐踢了他的。"

"切，打肿脸充胖子。"杨菲菲放下手中的名牌包包，假装关心地问陆丹心，"哎呀，丹心，人家开玩笑的呢，别在意啊，你没事干吧？这个时候，最不能干的事情，就是这样闷着呢，不然会把自己憋坏的。要不，我带你去购物吧，我刚从家里带钱了，一万多呢，足够我去买很多好吃好穿的啦。你陪我去吧，作为回报，我送你个包，如何？"

"没空。"陆丹心翻了一页书，说，"大小姐，这种事情，我还是不掺和的好，咱这种小人物呀，也用不起你送的名牌包包哦。"

杨菲菲说："呀，你还不领情啊，老娘好心好意叫你。"

陆丹心不高兴了，大声回道："杨菲菲，你说话给我注意点啊。"

这时候，钟玲也推门进来，看到两人如此激烈地对话，劝道："你们都少说两句吧，杨菲菲你也真是的，说话怎么这样难听？"

杨菲菲把矛头对准钟玲，说："你呀，还是多去陪你那个丑鬼男朋友吧，别瞎搅和了。"说着抓起包，头也不回地出了门。

"你——"钟玲气愤地指着杨菲菲的背影，大声骂道："滚！"

"别跟她一般见识，她是个疯子。"陆丹心对钟玲说。

事实上，李良有了新女友的事情，陆丹心是知道的。不仅知道，还在一天前亲自撞见了一回。

那天下午陆丹心陪钟玲去清溪最大的超市购物，一番扫荡后，两人手上都提着不少的东西，多半是零食。出了超市，钟玲建议去旁边的快餐店坐坐，当时天正冷，正好可以进去休息一下，再打道回府也不迟。进了快餐店点了吃的后，陆丹心让钟玲看着东西，自己去洗手间。从洗手间出来的时候，不经意地瞥见了李良牵着一个女孩走了进来。她心里咯噔了一下，想遮住自己脸的时候，李良也看见了自己，一场尴尬不可避免地发生了。

有几秒的时间，他们怔怔地看着对方。李良身边的女孩看出了什么，扯了扯李良的手，李良移开看陆丹心的眼睛，去点东西的地方排队。陆丹心坐下来，钟玲就问："他这么快就有新欢了？他妈的，李良这个没良心的。"

陆丹心故作稳定地说："也正常，反正我们分手了，他找谁对我来说都没关系啦，快吃啦。对了，完了我们还要去玩吗？还是直接回学校？"

"先吃了再说，感觉好累，你还想不想逛会儿？"

"不想，好累。"

李良和那个女孩点了东西，坐在不远处的角落里享用起来。李良一直低着头，和女孩低声说着什么。女孩不时地露出微笑，很开心的样子。

因为这一场无意的撞见，接下来的时间陆丹心都没有心情吃东西了，薯条吃了几根，就搁下了。钟玲递过来一只鸡腿，陆丹心也是摇了摇头。好像这些平常的美食，瞬间都没有了味道。她百无聊赖地坐着，恨不得早一点离开这里。

钟玲看在眼里，心中明白了大概，她站起来，嘴里骂着："妈的，王八蛋。"不等陆丹心反应过来，就冲李良那里走去了。

"李良，你个王八蛋！"

李良惊了一下，看看钟玲，又看看身边的女孩子。

钟玲指着李良的鼻子说："李良，你个王八蛋，骗子，混蛋，你怎么这样狠心？"

李良不敢说话。她身边的女孩正拿疑惑的眼神看他，继而对钟玲说："你谁呀？你怎么这样说话？讲点素质好不好，别这样骂我男朋友，小心我收拾你。"

钟玲说："闭嘴，你还是管好你这个混蛋男朋友吧！"

"你……"那女孩气愤地站起来，大有要和钟玲动手的准备。

陆丹心赶紧过去，拉住钟玲，说："钟玲，走了，别闹，跟这样的人，不值得。"

钟玲指着李良，说："李良，没出息，头都不敢抬。"

她们走的时候，李良身边的女孩正在生气，她将吃的撒了一桌，大声质问李良到底怎么回事。李良一言不发，那女孩就越加气愤，声音更大了，引得店里面的人纷纷围观。

陆丹心知道那个女孩是李良的女友，看眼神、看态度就知道了，但不确定是不是新的。像李良这样混蛋的人，天知道他是不是早就脚踏两只船了。她不是不想闹，事实上，有很多次伤心难过的时候，她恨不得李良去死。她甚至怀疑，要是李良在眼前，可能会冲上去对他一顿暴打。可是，当她面对李良和李良的新女友，她突然觉得，闹已经没有意义了，因为她不想成为一个被人抛弃的怨妇，不想在李良尤其是李良的新女友面前降低自己。因此，她只好强大起来，至少表面上得强大了，表现出足够的大气和不在乎。

回去的路上，钟玲一直喃喃地骂李良。陆丹心是第一次见到钟玲这么大胆、直接和冲动。相处一年多以来，钟玲在她面前都是内向、胆小的，从不大声说话，更不会这么直接骂人。看着钟玲的侧脸，陆丹心心生感动，知道她是为了给自己出气，为自己抱不平。她心里暖暖的，对钟玲说："好啦，骂他，他也不会有任何损失，是不是？随他去吧，你看我，还不是好好的？"说着冲钟玲笑了笑。

钟玲说："我就是气不过，我那么看好你们，你也那么相信他。他不仅骗了你，还骗了所有看好你们的人。"说话的时候，钟玲脸上有怒气，眼睛瞪得圆圆的。陆丹心觉得这一刻的钟玲更加可爱了，她说："嘿嘿，亲爱的，我发现，你生气的时候，很可爱哎！"钟玲乐了，说："算了，亲爱的，你说得对，不值得，今天晚上的晚饭我包了，请你吃火锅。"连续三天，钟玲都坚持请陆丹心吃饭，用她的话说，是为了庆祝陆丹心恢复单身自由，大办三天。

有一天晚上，她们吃完饭，说说笑笑地回寝室，发现杨菲菲竟然在寝室。自从上次和陆丹心发生争执后，她出去就没回来。不用猜，肯定又是去她干爹家了。与杨菲菲同在的，还有杨菲菲的干爹。

看到陆丹心和钟玲回来，杨菲菲热情地招呼她们："唉呀，你们回来啦，快来快来，吃好吃的。"她的干爹也对两人笑笑，说"你们好"，嘴巴在说话，眼睛却是看着她们的身体某些特殊部位。

陆丹心和钟玲都说："不用了，刚吃了东西，饱着呢，然后提着水壶，出去打水了。"打水回来的时候，在楼道上遇到杨菲菲的干爹，他停下来，没有像当着杨菲菲的面那样拘束和内敛，而是大声说："你们好呀！"

"您好，您是要走了吗？"陆丹心问他。

"对呀。"他掏出名片，给陆丹心和钟玲一人一张，说："这是我名片，认识一下。"

他刚走，陆丹心和钟玲就把他的名片丢在了垃圾桶，看都没看一眼。钟玲问陆丹心："亲爱的，你不觉得这个人很怪吗？看人的时候那个眼神，像要吃人一样。"陆丹心说："男人大多都是这样的吧，尤其这种稍微有点钱的男人。"

钟玲突然靠近陆丹心，小声说："你觉得，杨菲菲和她的这个所谓的干爹，真的只是眼前看到的这种关系吗？反正我就觉得，不会那么简单，你看他们俩见面的频率，再看杨菲菲一出去至少得过夜才会回来的做派，很值得怀疑呀！"

陆丹心说："小声点，别乱说，也许真的只是简单的干爹和干女儿的关系，你看他们走在一起也没啥过分的动作，看起来挺正常的，咱们就别乱猜测了，你说是不是。"陆丹心是不愿意过多去猜测杨菲菲的，虽然她心里也有疑惑，但她不会说出来，毕竟内心虽然讨厌杨菲菲，但没有必要去管她的私生活。

回到寝室，杨菲菲正对着一块精致的小镜子打量自己，整个寝室里弥漫着香水味。

"有些人呀，真的是给脸不要脸，老娘好心自降身份，还不领情。"杨菲菲放下镜子，鼓捣着自己的包包说。

陆丹心和钟玲你看看我我看看你。陆丹心说："杨菲菲，我们得好好谈谈了。"说着放下水壶，拉了一张椅子，坐在杨菲菲对面。

杨菲菲一脸正经起来："哟，陆丹心，我们都一起住了一年多了，早就好好谈过了吧。你说说，有什么正经话要好好谈谈的？"

陆丹心说："杨菲菲，咱们一个寝室生活，为的都是学习，我们从未冒犯你，相信你也不是刻意不好好跟我们相处，但是你能不能收敛一下你的脾气，说话的时候能不能想想再说。一个六个人的寝室，搬走了三个，你以为她们搬出去的原因就没有对你的不爽和厌恶？现在只剩下我们三个住在这里，平常也都井水不犯河水，能不能别有事没事地挑衅我们，这个寝室不是谁一个人的，我说这些也只是想我们能够愉快地相处，相信吵起来无论输赢，谁心里都不好过。"

杨菲菲的脸上露出轻浮的笑："哟，大道理呀，我不好相处了吗？明明是你们不好好相处好不好？跟你们这种人在一起，你以为我愿意啊？"

钟玲在旁边幽幽地说："那你大可以搬出去呀，搬出去住个更好更大的房子，又没有人跟你挤，多好呀！"

杨菲菲向来都是不善于吵架的人，她喜欢挑事，却经不起争吵，两三句就脸红脖子粗，气急败坏地大声说："你们，你们以多欺少。"

这时候，杨菲菲的手机响了。她带着哭腔对着电话说："干爹，她们欺负我，我烦死她们了……干爹，你什么时候来看我呀？你要记得来看我哦，我会想你的。"

杨菲菲挂了电话，看陆丹心和钟玲都各自忙着，没有和自己吵下去的意思，就识趣地爬上床玩手机去了。

在南方边陲的省会城市，二月即将结束，但春天才刚刚开始。出太阳的时候，暖暖的，晒得人想睡觉。陆丹心喜欢这样的温暖，不骄不躁，温婉适宜，是适合外出和约会的时节，只是不巧，没有那个相约的人。

假期最后一天，寝室楼里异常热闹起来，人们拖着行李箱哗啦啦走过，相互寒暄，偶尔有人停下来，小声交谈。这让人感到充实，有真实生活的味道。

大清早钟玲就出门了，说是和陆平约好了出去玩。陆丹心睡了会儿懒觉，被马力的电话吵醒。马力说要去市区办点事，问陆丹心有没有需要去市区，去的话一起，他开车。清溪是省城的郊区，这里聚集了全省几所好一点的大学，在未来的发展建设中，这里将会建成全省第一个大学城。不好之处是，离市区远，公交车得跑一个多小时，所以陆丹心也很少去市区，主要是懒得折腾。

马力在电话那头重复问："小孩，你去不去呀？"

陆丹心正犹豫着，马力说："一起去吧，就当出去散心呗。"陆丹心想想也是，有几天没见到马力了，不知道为什么，有一种力量催促她答应。和马力在一起，陆丹心是轻松的，马力总是能找到很多陆丹心喜欢也能参与的话题，聊得很开心。

杨菲菲翻了个身，懒懒地说："还让不让人睡觉啊？有病吧，大清早打电话。"

陆丹心懒得理杨菲菲，小声答应了马力，挂了电话，看看时间，已经接近十点了。她起床洗漱，化了个淡妆，出门去了。

马力把车停在学校公交车站不远处的路边树下，这是陆丹心的意思。原本马力是要开车到宿舍区门口接她的，被她拒绝了。陆丹心说不清楚是为什么要刻意地避免马力开车到宿舍区来，当她看到马力站在路边向她挥手的时候，甚至有一些心慌，像做错事一样，把头低下来。马力拉开车门，让她坐进去。在车上，马力倾过身子为她系安全带，靠得很紧，她听见他的呼吸，平和，稳定。倒是她，突然就慌乱起来，说不清楚是什么感觉。

他们在市区逛了一些地方，马力提议去附近的朋友家坐坐，这才是来市区的主要任务。陆丹心犹豫不决地说："我还是不去了吧，不方便。"马力说："没事，你是我学生嘛，我朋友是搞文化的，认识一下，也许对你有好处。"在马力的朋友家待了几个小时，一个下午就过去了，整个下午马力和他的朋友都聊得兴致极高，有一瞬间陆丹心会误以为他们俩甚至已经遗忘旁边无聊地坐着喝茶的自己了。

末了，主人家留吃晚饭，被马力推了，说还有其他安排。他们驱车回到清溪，在一个农家山庄吃晚饭，再结束已经是八点多的模样。天早已经黑了，回寝室要先经过教师家属区，马力停下车说："小朋友要不要上去坐坐？"

陆丹心没有拒绝，默默跟着马力上了楼。马力的家里倒是挺整洁，看起来干净温馨。屋里没有其他人。

"马老师，你家人呢？"陆丹心打量着客厅问。

"哦，儿子去外婆家了。"马力给陆丹心倒水，说，"你坐会儿。"他没有谈其他的，尤其是没有谈老婆哪里去了。陆丹心也不好强调地再问一遍。

马力坐下来跟陆丹心聊天，说有一个大厨房，厨具完备，不过很少动手做，基本都在学校食堂和外面店里吃，偶尔会自己下厨，但极少。他说："有机会我亲自下厨做给你尝尝。"

陆丹心笑笑，说："谢谢马老师。"

长久待着总不是办法，陆丹心站起来，告别马力，说应该早点回去。一个年轻姑娘，和一个中年男人，孤男寡女独处一室，总是不免尴尬，要是被人撞见了，定然也少不了些风言风语，这是陆丹心所担心的。

马力送她下楼，说开车把她送回去。陆丹心说想路上走走，反正走回去也就十来分钟，刚好路边买点东西什么的。独自走路回去，她在路上陷入沉思，不知道自己在干吗。陆丹心不是保守的女孩，谈过三次恋爱了，平常也够大方热情，可是她总觉得哪里不对，也许因为对方是学校里不大不小的一个领导，也许又是因为对方年纪太大。想着想着又狠狠骂自己：陆丹心啊陆丹心，胡思乱想什么呢？人家只是关心学生，也没什么过分的言行。

那天晚上，陆丹心做了一个奇怪的梦：马力带她出去玩，在一个很深的森林里，他们走散了，陆丹心惊慌失措地像只无头苍蝇一样在森林里乱飞，大声喊着马力的名字，找了好久，终于找到马力，马力也是找了很久的样子，惊喜地张开怀抱，向陆丹心跑来。

然后，陆丹心就突然醒了。黑漆漆的寝室里，只听到杨菲菲在娇声娇气地和谁打着电话，陆丹心听不清，只是隐隐约约听到杨菲菲说出"亲爱的""想你"之类的字眼。

陆丹心看看手机，凌晨一点多，她鬼神附体一样，下意识地在联系人里找到马力，进入短信编辑框，写道："马老师，刚醒来，我梦见你啦，我们在森林里迷路了……"突然又一下子清醒过来一样，退出了编辑框。

05 ///

开学第一天，下午。

是马列学院的课，上课后，喧闹的教室安静下来。陆丹心收掉手机，一抬眼，就看到马力站在讲台上。马力也看到了陆丹心，两人会心一笑。原来，这个学期，是马力担任他们班的省情课程。

课上，陆丹心听得津津有味。不得不说，马力是一个优秀的老师，至少在陆丹心眼里，他上课深入浅出，能诙谐幽默地将知识点讲授给学生。陆丹心细心观察，发现原本在马列学院课上不认真听课的同学，也都正听得认真。

他们并没有表现出对对方过多的热情，只是默默地看一看对方，好像两人认识的这件事情，只需要彼此知道。课间休息，陆丹心去洗手间回来，就看到马力站在门口抽烟。

"马老师好。"陆丹心客气地说，"没想到是您给我们上课，真幸运！"

马力吸了一口烟，问她上学期那个可能挂科的科目怎么样了。

陆丹心老实交代，虽然经过自己求情，再经过马力这个副院长发话，但科任老师还是把她给挂了，说道："这不，班主任刚通知下周就要参加学校安排的补考呢，如果补考不过，就等着重修吧。"

马力笑笑，说："没事，不用担心，补考的时候给我说一声，看我能否帮得上忙。"

虽然那次马力帮忙说话并没有起到作用，但陆丹心心里还是感激他的："不好吧马老师，这样多不好，上次真的麻烦您了，补考也不好再麻烦您。"

马力说："没事，到时候尽力而为。"

课上，钟玲花痴地对陆丹心说："亲爱的，想不到马列学院还有这样的老师啊，长得挺帅的，年轻时肯定招人喜欢。"

陆丹心敲敲她的脑袋，说："你就花痴吧，好好守着你们家那个陆平，别胡思乱想，这可是人家马列学院的副院长，课上得不错。"

钟玲说："嘿，不允许吃肉，还不让我看猪跑啊？我这是审美，你懂吗？亲爱的。"

陆丹心被她的比喻逗乐了，说："小姑娘，你别给我谈审美啊。自从你决定和陆平在一起后，在我这里你的审美就已经坏了，哈哈。"

钟玲脸上露出不高兴的神色，每次有人谈起陆平的不好，她都是这个反应。陆丹心赶紧说："哎呀呀，开玩笑的啦，别生气啊！亲爱的。"边说边摇晃着钟玲的手臂，钟玲很快就被陆丹心哄好，说："就是，不许说我们家陆平。"陆丹心说："好好好，不说不说。"

钟玲说："对了，亲爱的，我想请全寝室吃顿饭，你看我跟陆平在一起都好久了，按理该请大家一起吃饭，以前你们都请了，就我没。"

陆丹心说："你呀，早该请了。"

"可是，"钟玲说，"杨菲菲怎么办？我知道大家都不喜欢她，可毕竟是一个寝室的，不请不好，请了也不好。"

陆丹心想了想说："还是请吧，至少得客气一下，至于她去不去，就是她的事了。她那个人心眼小，嘴又毒，最好别落下话柄，你说是吧？"

钟玲说："也是啊，到时候我给她说一下，但愿她不去，哈哈。对了，你觉得什么时候合适？"

陆丹心说："都没关系呀，只要提前说，大家应该都能到的。"

钟玲说："那就这周吧！"

两人正说着话呢，教室里突然安静下来，随后一枚粉笔不偏不倚地落在了她们面前的课桌上。

"两位同学，说话小声点，其他同学听课的听课，睡觉的睡觉，不要影响别人好吗？"

马力站在讲台上，看着陆丹心和钟玲，似笑非笑地说。马力的话引得全班哄堂大笑。陆丹心和钟玲都窘迫得脸红起来，赶紧闭嘴。剩下的课陆丹心也没听什么，说不清楚是因为马力在课上当着全班同学的面批评了自己还是什么，总之突然就没了兴致。

课后，马力给陆丹心发了一条短信："小朋友，今天实在是不好意思，你们俩聊天聊得正欢呢，不提醒下你们吧，确实不太好，所以，老师我只好不怜香惜玉了。"

陆丹心没想到马力还会就此事专门发短信给她，心里开心起来，觉得他还是挺好的，就回了个短信："没有啦，老师批评得是，以后我们一定小声说话，不影响别人。"结尾还加上一个调皮的表情。

钟玲想要请大家吃饭，得先和陆平商量。毕竟是以两个人在一起的名义请客，陆平得到场。可陆平似乎不太愿意，他说："要不，你去陪她们吃吧，最近我都挺忙的。"他边说边倒了一杯水，坐在沙发上。

"忙什么呀？亲爱的。"钟玲走过去在陆平旁边坐下，温柔地靠在陆平肩上。"再忙，也抽一个晚上的时间，大家一起吃饭嘛。"

陆平有些不耐烦："都说了忙嘛，那么多事情，哪有时间请客？再说了，有什么请客的意义，不就谈个恋爱嘛，谈恋爱就要请全寝室的人吃饭啊？什么逻辑？”

钟玲急得快要哭了，倒不是因为陆平不答应，而是因为陆平的态度，这种态度好像他并不在意树立自己在钟玲室友心中的形象，同样也不打算做好一个称职的男朋友维护她在室友心目中的形象。“你怎么这样啊？你是我男朋友，我以我们俩的名义请客，你不去，我一个人在那里，算什么事啊？再说了，我们寝室所有谈恋爱的人都请了全寝室吃饭，就差我了，你让我怎么做人？你到底爱不爱我？怎么可以这样？”

眼看钟玲要哭了，陆平似乎缓了缓语气，说：“那你怎么安排的，到时候给我说一声，我把其他事情推了，和你去。”

钟玲不开心地说：“算了，你不想就算了，这客，我自己请。”说完转过身，俯身在沙发的另一边。

陆平不慌不忙地喝了一口水，从后面抱住钟玲，半笑着说：“就这么定了，到时候我把其他事情推了，我们一起请客，没有我也真的太不像一回事了。”

钟玲瞬间就转悲为喜。在陆平面前，她终究是发不了脾气的，只要他一句温暖的话，她再大的气都没有了。她爱他，这种爱，已经超过一般界限，况且，他对她，还算好。

晚上打水的时候，钟玲小声把跟陆平商量请客的事情和陆丹心说了，陆丹心听了说：“亲爱的，他为什么这个态度啊？我一直都不喜欢他，你看他这为人。”看着钟玲有些不高兴了，又赶紧说：“我随口说的，你看他终究是答应了，还好还好，还没那么坏。"

钟玲说："不管怎么说，我爱他，我确信，我很爱他。不管他怎样，在我眼里都是最好的。"

"好嘛好嘛，亲爱的，别生气，你这就是所谓的情人眼里出西施吧。"

打水回到寝室，陆丹心和钟玲分头给室友打电话，说了钟玲请客吃饭的事情。把在外租房的三个室友通知到位后，钟玲敲敲杨菲菲的床，说："杨菲菲，我和陆平明晚上请大家吃饭，邀请你一起，可以带家属，其他室友都会把自己的另一半带上，你有空没？"

杨菲菲懒洋洋地动了一下，把脑袋从被子里伸出来，摘下耳朵上的耳机，大声说："你有病啊，敲我床干吗？"

钟玲气不打一处来，克制住自己的气愤说："我说，我和陆平明晚上请大家吃饭，问你有空不。你能不能不这么敏感，看你这臭脾气。"

杨菲菲万万没想到钟玲会邀请自己，她心知自己并不受大家喜欢，在每个人的心中她的形象都极差。她有些不可置信地看着钟玲："你说什么，请我？"

钟玲没好气地说："不是请你，是请全寝室的，可以带家属。"

"我考虑一下。"

"考虑什么啊？去还是不去，直接给个痛快话，请你吃饭还考虑一下，你什么意思？"钟玲可不高兴了。

"嘿，你这是请人吃饭的态度啊？你这是什么饭局哦？

以为我想去啊？"

"那你就别去啊，到时候别说请客不叫你就行了。"

"哎哟喂，我是什么没吃过？能像你们一样一顿饭没吃上怀恨在心啊？我才不稀罕呢，我干爹请我吃的每一顿都比你们吃的好几百倍。"

陆丹心听不下去了："我说杨菲菲，你这人是脑子有问题还是怎么的，人家钟玲好心请你吃饭，你看你们俩刚才才说几句话，你是哪一句都充满攻击性，你这样有意思吗？"

"要你管啊，你陆丹心也不是好东西。"

"你……"陆丹心也被她惹得不高兴，"我不跟你一般见识，你不就是怕大家讨厌你不敢去吗？直接说就是了，钟玲，别理她，疯狗乱咬人。"

"你说谁疯狗呢？你才是疯狗，谁说我不敢去，嘿，那我还真要去，我看谁敢把我怎样！钟玲，你放心，无论你这是鸿门宴还是什么，我杨菲菲一定到场。"杨菲菲从床上坐起来，挥舞着手大声说。

"你激动什么啊？"钟玲说，"杨菲菲，该改改脾气了，一个人讨厌你也许是他人的问题，大家都讨厌你，你总得想想是不是自己的问题吧？"

"切，要你管啊。"杨菲菲回了一句，戴上耳机，躺下去把自己埋在了被窝里。

陆丹心看着钟玲对着杨菲菲的气愤的样子，无奈地笑了笑。马力正好发来短信，他说在外喝酒，已过三巡，有些醉。陆丹心说："马老师，你该少喝些，毕竟到你这年纪，身体也都在逐渐走下坡路，对于酒，还是少喝为妙。"马力说："我这种年纪怎么了，好多跟我一个年纪的早就不行了，可我觉得我还挺好的呀，哈哈。"陆丹心说："那好吧，你少喝点，我看看书。"

她需要花些时间，好好地看看资料，准备下周的补考。陆丹心在班上不算突出的学生，她向来都是在临考一两天才开始准备考试，每次都能勉强过关，不曾想上一次考试临时急着和李良约会，荒废了复习，很不幸地挂科了。

看了一会儿，开始眼花缭乱，复习资料实在是枯燥无聊，让人昏昏欲睡。她索性放下资料，拿起手机一看，马力连续发了两条同样的短信，说："晕晕的，有点想你在呀！"

陆丹心看着他的短信发呆，搞不清楚他是要表达什么意思，心想也许是真的喝得有点多了。好一会儿才说："我在能干吗？我可不怎么能喝酒，帮马老师你顶不了酒的。"

马力再没有回复。

06 ////

　　第二天晚上，钟玲和陆平早早就在预定好的包房等候室友们的到来。陆平依旧是不修边幅的样子，似乎并不曾为这次请客做出任何准备。他一脸困倦，见到有人进来就懒洋洋地打个招呼，然后自顾自地发呆或者看手机。钟玲心里是不高兴的，但当着室友的面，不好表现出来。

　　杨菲菲迟迟不来，打了几个电话都说在路上了，大家都等得有些不开心。等到杨菲菲姗姗来迟，大家怨声载道，纷纷抱怨杨菲菲。杨菲菲也没表达抱歉的意思，坐下来说："你们可以先吃啊，反正这一顿饭我就是来露个面，吃不了啥的。"

　　一桌人谁都不说话，默默地开吃了。很显然，没有谁想接杨菲菲的话，谁都知道，接话铁定要闹起来，这样的场面，沉默总比争吵好。

饭局变得枯燥无味，席间各怀心事，只有钟玲有些尴尬地大声招呼大家，试图让场面热闹起来。但显然她有心无力，她的招呼也未见得有效果，一场聚会草草收尾。

吃完饭，钟玲决定晚上不回寝室了，去陪陆平，结果回去钟玲就和陆平大吵了一架。

"你看看你那些室友，都是些什么人啊，尤其那个奇葩杨菲菲，晚到那么久，还不会说话，其他那些室友也是，一句话不说，很尴尬，早知道我就不去了。"陆平进门就说。

钟玲一听就来气："你还好意思说人家，你不想想，你自己有没有问题，作为我的男朋友，你觉得你在饭桌上是什么表现？还有啊，你看看你，就不能把胡子刮了，换件干净整洁的衣服才去？我的室友们的确是有些问题，可是你呢？你还是我男朋友吗？"钟玲激动得哭了。

"那就别当我是你男朋友。我就是这样，怎么了？接受不了？"看着钟玲流泪，陆平一点心疼都没有，"一开始我就给你说了意见，是你非要请客，我都推了那么多事情，还不够给你和你的室友们面子？"

钟玲不可置信地看着陆平，这是她爱的男人，是让她付出全部的男人，为什么能说出这样的话。她转身夺门而出，捂着脸下了楼。

在学校的田径场上，陆丹心找到钟玲。钟玲一言不发，看着夜空。

"你倒是说话啊,亲爱的,到底发生什么事情了?你告诉我好不好?你不是好好地和陆平出去了吗?是不是陆平欺负你了?"陆丹心心急地问钟玲。她思来想去,唯一的可能,就是吵架了。

钟玲爬到观众席最高的台阶上,坐下来,说:"亲爱的,你说,我该不该坚持?"

陆丹心问:"你们吵架了吗?是吵架了吗?"

钟玲无声地点点头。

陆丹心整理了一下情绪和思路,说:"亲爱的,这么说吧,咱们分两方面来说:一方面,你知道不仅我,大家都不看好你们俩,因为你们确实不相配,而且陆平这个人实在太邋遢了,你看看他今天的表现,也完全不把大家放在眼里的样子,你可别不高兴,所以从心里说,从你是我最好的姐妹的角度和立场上说,我都是希望你们分开的,因为你完全可以有更好的人;但是另一方面呢,你们已经开始了,大家也都知道你们的爱情,如果是简单的小吵小闹,如果不是那么严重,你还是得从自己的内心出发,自己做出选择。哎呀,我都不知道我要怎么表达,总之我希望你快乐,不然我会心疼的。"

钟玲沉默了一会儿,说:"虽然你说了这么多,可我还是不明白你到底给了我什么建议。"

陆丹心说:"哎呀,没有建议,只能说,算一个分析,总之最终还得你自己选择。你现在在气头上,也许我说他的不是,你不会生气,但一旦你气消了,想法也就不一样了。"

钟玲没接话,依旧仰着头,看着天空。

"你知道吗亲爱的，我从小就特别喜欢看星星，不是一般小女生那样的充满幻想和唯美地仰望星空，每次看着天上的星星，我都会想，会不会有一颗是他，他是不是也在看着我。我从懂事起就没见过他，直到十一岁才被母亲带到他的坟墓之前，我竟没叫出一声爸爸。你不知道，我的生命中没有他，叫我如何开口。小时候，妈妈说，他去了很远很远的地方，我就一直有幻想，有一天，这个给予我血统的男人会突然回到家，可是一等就是很多年，后来我才知道他并没有去远方，而是死于车祸。我妈没有改嫁，她拒绝了不少的男人，一手把我拉扯大，从小到大，我们家就是没有男人的。所以，当我遇见陆平的时候，当他对我笑的时候，当他关心地询问我的时候，我突然觉得，是我爸爸回来了。他一笑，我就知道，我爱上他了……"

　　陆丹心没有打断她，默默地听她诉说。这是钟玲第一次如此对她袒露心迹，她突然就理解了钟玲的坚持，并因此而感到心疼。她说："亲爱的，你一定要快乐，不管有没有他，我都会一直陪着你，我们是最好的姐妹。"

　　陆丹心对钟玲是又佩服又可怜。她自己断然做不到像钟玲那样坚持，向来她都是被宠的那一个，早就变成爱情中的骄傲者，不曾如此坚持。她想起之前的三次恋爱，唯一用心并感到悲伤的，仅仅是跟李良，说不清楚是因为自己付出了多少真心，还是因为首先提出分手的是对方，总之这一次恋爱让她感到伤心。但面对分手，她还是表现出了足够的理智，骄傲地做起了小单身。

和钟玲比起来，她是骄傲了，却又因此而缺少了一些生命的体验。而钟玲呢，用心相爱，如同飞蛾扑火，轰轰烈烈，也是一种娇艳的姿态。

初春的夜风吹得人发抖。她就一直陪着钟玲，说些安慰的话。后来马力打来电话，并不提前一晚短信的事，像没有发过一样，问陆丹心在干嘛。知道陆丹心在球场陪室友后，说正好没事，要不过来陪她们一起。陆丹心说还是别了，就两个女生坐着挺好的。挂了电话，钟玲好奇地问："怎么，有人要来？"陆丹心慌张地说："没有的，一个朋友说正好在附近，我已经让他别来了。"钟玲问："喜欢你？"陆丹心说："没有啊，普通朋友。"钟玲说："连李良那样的人，都是骗子，以后找对象，一定要看清楚了。"

到了晚上，马力依旧在短信里和陆丹心有一句没一句地聊着。这些日子以来，他们一直保持着这种联系，说着零散的话，有时候接连发来几条短信，有时候呢，很久后才有回复。这样的联系并不见得紧迫，所以平淡简单，不让陆丹心觉得有异样。但她竟已形成习惯，比如吃饭的时候，会发短信给马力说一声，出门打水也说。生活中并没有那么多有趣的事情，所以他们把每天的琐事重复了一遍又一遍。

周六的下午，马力打电话来邀请陆丹心去他家玩，陆丹心有些惊喜他的邀约，欣然前往。马力似乎把家里特意收拾了一番，已经买好了菜，正在忙活着。

陆丹心百无聊赖，说："要不我也帮帮忙。"马力说：

"好啊，男女搭配，干活不累，正好。"这句话让陆丹心感觉很尴尬，因为这句话一般出口都是带有特殊意味的。两人的饭菜，很快就做好了。马力把菜端上来，说："让你尝尝我的手艺，最拿手的红烧肉，一般人没机会吃到，你幸运了。"陆丹心夹一块，轻轻嚼着，果真是好手艺，让陆丹心吃了一块想再吃另一块。而马力乐呵呵地看着陆丹心："好吃吧？"边说话，边给陆丹心夹菜。

那一顿陆丹心一时贪嘴，吃得有点多。马力自告奋勇，出门去买健胃消食片。马力走后，陆丹心就在马力的家里打量起来，客厅墙上挂着各种画，整个客厅却见不到一张貌似全家福之类的照片。她心里暗自想，这个家里，到底都住了些什么人，第二次来到这里，依旧见不到其他人，这让她疑惑。

马力回来后，把健胃消食片取出来，放在手心递给陆丹心："小朋友，吃点吧，看你今天吃得那么欢，我也很高兴，以后你想吃了，就给我说一声，我给你做。"

陆丹心嘴里嚼着健胃消食片，含糊着说："马老师，我很好奇，这里就只有您住吗？其他人呢？我是说，您没有家人吗？"

"我应该给你说过有一个儿子吧？难得有个假期，去外婆家玩，还没回来呢。"马力说，"即便没有假期的时候，也基本是我住，儿子住校，周末也不回来，到处玩乐，能见他的时候，都是为他的事被学校老师叫去才见得着。"

"那您的夫人呢？"问这话的时候，陆丹心的心里是打了结的，她不知道该不该问。

马力的神色有些异样，叹了口气说："离了，前年离的，也许是因为审美疲劳，彼此都总看对方不顺眼，看着都像刺梗在眼里一样，所以就离了。儿子很少在家，除了在学校住校外，一些时间也去她那里。似乎也是因为离婚，儿子才变得这样叛逆，总是给我闹事，打架、逃课，闹得班主任不省心，真让人心烦。"说话的时候，眉目紧蹙，有愁绪渲染其间。

"对不起啊马老师，我，我不知道。"

"没事，也不怪你，不知者无罪嘛。再说了，这都是旧事了。"马力轻描淡写地说。

稍微晚一些的时候，陆丹心提出要回寝室，马力看看表，示意她可以借宿在他家里。陆丹心不可能在那里过夜，马力送他回去，一路散步往回走，还没到教学区的时候，陆丹心就对马力说："马老师，您就到这里吧，我自己走回去。"

她心里隐隐有种担心，害怕被人看见她和马力在一起，虽然两人是清白的，什么事也没有，但内心中还是有一种做贼心虚的恐惧。

马力并不强求，只是叮嘱她路上要小心，到寝室记得发短信报平安。

陆丹心在回寝室的路上遇到钟玲和陆平。钟玲温柔地挽着陆平，小鸟依人般靠着陆平，很幸福的样子。那次争吵之后没两天，他们就和好了。钟玲对陆平毫无抵抗力，只要陆平几句温柔的话，她的心就软下来，何况她虽然赌气，但内心是舍不得陆平的。

钟玲拉住陆平，站在路上和陆丹心聊天。陆平明显不快，但没说话。钟玲说："亲爱的，你去干吗啦？一个下午都没见你。"陆丹心说："有朋友来，陪朋友吃饭呢。"钟玲说："嘿嘿，去约会了吧？"陆丹心像被人窥见内心秘密的小姑娘一样，立马心慌起来，难道这些时间里钟玲发现了什么。但钟玲接下来的话又让陆丹心放心下来，钟玲说："亲爱的，你也得赶紧找个新男友了，别总这样单着，害得我都想变成单身来陪你了。"陆丹心心安地说："快去你的吧，我没事的，姐姐我还缺人吗，可是我要做一个高贵的单身呀，宁缺毋滥，你懂吗？"

那天晚上寝室只剩下陆丹心。钟玲陪陆平去了，杨菲菲呢，大抵也是被干爹接走了。不过，这个原本只剩下三个人的寝室，只要有杨菲菲在，就跟只有一个人差不多。陆丹心早就习惯这样，独自一个人也挺好的，因为深夜马力打电话来的时候，用不着压低声音怕被人听到，说到开心的时候，还可以放声大笑，不顾一切。

他们开始只是正正经经地谈些彼此感兴趣的话题，谈过去、谈未来、谈生活、谈梦想。凌晨之后，马力的态度就有了些变化，一改一本正经的语气，变得温柔起来，言语间不时有意无意地透露出对陆丹心的喜欢。

他说："陆丹心小朋友，以前我觉得生活很无趣，但这段时间有你，我就觉得很开心、很快乐。以前总是热衷于各种应酬，以此消磨业余时间，现在呢，业余时间都拿来和你发短信啦！"

陆丹心说："啦啦啦，我是快乐的小天使吗？"

"是啊是啊，你就是个小天使，漂亮、可爱，可惜我老了，不然我都想追你了。"

"哎呀，你哪里老了，还年轻的嘛，身材也还那么好，没变样，何况男人四十还一枝花呢！"

"小姑娘，你不嫌弃我老吗？"

"我嫌弃你老干吗呢？再说你这个年纪，还好啦！"

"其实好多时候，挺想你的，跟你在一起特别开心、放松，仿佛我也年轻了十几岁。有时候和你聊天，会开心得像个孩子，你说我这是怎么了呀？"

"哈哈。很多人跟我聊天都会很开心的，我可是开心果哦。"

"可惜了。"

陆丹心只顾着聊天，也没想那么多，就问："什么可惜了？"

"可惜我年龄比你大很多呀！"

"哈哈，我又不嫌弃你。再说了，你还帮了我很大的忙，开导我，还给我做很多好吃的，带我玩，你真好，谢谢你啦！"

"我做的东西好吃吧？"

"嗯嗯，很好吃。"

"呵呵，小姑娘，只要你想，每周我都可以给你做吃的呢。"

"好呀好呀。"

……

"你说我是不是喜欢上你了？"马力突然问。

陆丹心脑袋迷糊，没反应过来："正常啊，像我这样的美少女，当然很多人喜欢啦，我批准你喜欢啦！"

"我说的是，那种喜欢，或者说，两个人之间那种。"马力试探着说。

夜很深，很静，马力一句话让夜更静了。

陆丹心顿了一下，脑袋瞬间清醒："额，马老师真会开玩笑。"嘴是这么说，心里却咯噔了一下。

"哈哈，开玩笑的。"马力说着，尴尬地笑笑。

原本聊得很开心的氛围，一下子两人都没了话，客套几句，以夜深困了为由，结束了聊天。但陆丹心却更为清醒了，马力的话还在耳边回响，接着又收到马力的短信，说："小朋友，我是说真的，我是觉得自己喜欢你了，两性之间的那种喜欢。"

陆丹心思索了许久，终究没有回复他。她放了手机，呆呆地躺在床上，心里问自己：陆丹心啊陆丹心，你到底是在干什么呢？发着呆，却又突然想起马力，想起第一次见马力时马力好心为自己求情；想到第二次见到马力时的落魄与窘迫，想到与他相处的点滴；想起他曾为她系安全带把气息近距离传递给她；想起他为她做好吃的，看着她吃得开心的样子……

她突然感到恐惧，不知道如何面对。她从没想过会有这么一天，会遇到这样一个男人，关键是，对方说爱上了自己。

这太意外了。她想起当初劝说钟玲，不要和陆平在一起，其中一个理由就是，陆平年纪太大了。在陆丹心的爱情观里，对对方的年龄是有限制的，至少得是同龄人。于是她叮嘱自己，一定要注意距离，处理好和马力的关系，一方面马力是学校老师，另一方面又是一个老男人，不管怎么说，都不可能。

07 ///

　　新一周的周一下午照例是马力上省情课。去上课的路上陆丹心一直很纠结，她不知道如何面对马力。周六晚上那一场暧昧的聊天后，他们再没联系。这才过了一天多，就要见面，同在一个教室，难免有四目相对的尴尬。

　　到了教室，陆丹心拉着钟玲，找了个不显眼的角落坐下。钟玲不知内情，无所事事地在旁边玩着，只有陆丹心自己心里七上八下，熬到了上课时间。马力倒是淡定，什么都没发生一样，照样充满激情地讲授课程，把氛围渲染得很好。

　　陆丹心坐在角落里，偷偷打量讲台上的马力，看到他神色淡定，并不曾拿目光与自己交汇。课后马力收起书本，就离开了。从上课，到下课，他们似乎都没有任何眼神的沟通，更别说找了。陆丹心的心里有一丝一晃而过的失落。

好几天，马力都没有和陆丹心联系。有几次，陆丹心差点就给马力发信息了，但在打开短信编辑框后，很快就克制住了自己的冲动。

周五下午是学校安排的补考时间，陆丹心惊觉时间飞逝，抱佛脚已经来不及，硬着头皮上阵，面对试卷束手无策。出了考场，开手机竟然意外地看到马力的短信，问考得怎样？陆丹心老实交代，没做准备，碰运气了。

马力是在第二天才回复信息的。他说："陆丹心，你来我家吧，有惊喜给你。"陆丹心想都没想，就去了。

依然是一桌做好的菜，色香味俱全的红烧肉被摆在中间；依然是马力和陆丹心两个人，从沉默到热烈地聊天。他们还喝了些红酒，不过不多，陆丹心感到身子有些微微发热，就打住了。马力也没有劝，不断地给她夹菜，让她多吃点。

饭后马力从卧室拿了一个文件夹，打开来，说："我昨天给学院的监考老师说了，把你的试卷找了出来，昨晚上看了一下。"

陆丹心没想到他竟然使出这么一招，打招呼不成，直接找监考老师把试卷抽出来，说："这样，不会有事吗？"

马力笑了，说："你的试卷我看了，估计能勉强过关，你不要太担心了。"

陆丹心为了表示感谢，开始动手收拾餐后残局。正在洗碗的时候，马力不知道什么时候站在身后，说："这家里要是有你这么个女人，那就真的温暖了。"

他从身后抱她，没用多大力，她随时都可以挣开。可有短暂的十来秒的时间，她竟然一动不动，任由他抱着。事后，陆丹心回忆起那一刻，脸会飞快地红起来，但她说不清楚当时是被吓得不知怎么办，还是享受那个温暖的怀抱。是的，马力的怀抱是温暖的，尤其是，他从身后轻轻地环住她，像一道强大而温暖的保护层，让她感到温暖和安全。他的怀抱比以前她曾享受过的任何一个怀抱，都要厚实、温暖和可靠。当她木讷地任由他抱了一会儿，正在冲洗的碗掉落池子的时候，才如梦初醒地扭身挣开他，窘迫地逃出厨房，抓起沙发上的包，逃出了马力的家。

一路上，陆丹心都像刚刚受惊的小鸟儿，不知道该回寝室还是去哪儿，她给钟玲打电话，钟玲在陆平那里，关切地问她怎么了。她顿了顿，说："没事，随便问问。"她想把这些事情告诉钟玲，但又害怕告诉钟玲，就这么矛盾地在路上走着。黄昏时分，学校里的人纷纷往外走，正是饭点，大部分要去学校外的小吃街吃饭，还有一部分匆匆忙忙离开学校，也许是探友，也许是约会。像陆丹心这样往回走的，并不多。逆流之人总是要受到更多的关注，所以陆丹心调整好情绪，以免惊慌之情被路人察觉。

走到广场上的时候，陆丹心远远地看见一个熟悉的身影，是杨菲菲。杨菲菲正挽着她干爹从教学楼下往广场上走，她干爹的黑色轿车停在那里。中午陆丹心离开寝室时，杨菲菲还躺在床上，闷声闷气地打电话，时而娇柔地笑几声，看到陆丹心要出门，问陆丹心要不要回来，回来的话给带点吃的。得到陆丹心一时回不来的答复后，她说："那算了，等下我干爹要来找我。"而此刻，她正挽着自己的干爹。

杨菲菲也看到迎面走来的陆丹心，松开了挽着干爹的手，脸上有一丝不易察觉的慌张。

"要出去呀？"陆丹心是对杨菲菲说，也是对杨菲菲的干爹说。

杨菲菲说："是呀，你才回来啊，我就知道靠你带吃的靠不住，幸好我没等你。"

陆丹心说："我出门的时候说了一时回不来的。"

她们说话的过程中，杨菲菲的干爹微微笑着看着陆丹心。陆丹心感觉他的目光很炙热，直截了当地盯着自己的胸部。虽然天气乍暖还寒，身上穿得也多，他要看也看不出什么来，但那种被人视觉意淫的感觉，真的很难受。所以陆丹心赶紧说："那你们快去吧，我刚吃了饭，散散步。"

"要不，一起去我们家玩吧。"杨菲菲的干爹开口了，是对陆丹心说的。

杨菲菲显然没想到干爹会这样邀请陆丹心，有些不高兴地说："人家陆丹心哪里有空哦。"

"不好意思，我还真没空。"陆丹心才不想去呢，单单他那眼神，就够吓人的了。

杨菲菲赶紧催促她干爹，说："走啦走啦，别打扰人家散步了。"陆丹心回头看的时候，看到杨菲菲娇揉造作地掐了一把她干爹的手肘。而她干爹被掐后夸张地摆动了一下手，两人一起发出奇怪的笑声。

　　陆丹心的心里很乱。她一个人在学校里面走着，走到湖边，坐下来。湖边人很少，偶尔有一两个人从身后走过，湖对面的椅子上坐着一对情侣，紧紧地依偎在一起，轻声细语地说着话。

　　陆丹心突然想起，跟李良在一起的时候，她也经常来这里。第一次约会就是在这里，之后每次散步，都要来坐坐。闹别扭了，陆丹心就自己一个人来这里坐，把手机关了，李良联系不上，就会来这里找她。她不开心，李良就静静坐在旁边，等差不多了，再说话哄她，直到哄她开心起来……

　　可如今，就剩下她一个人，孤独地坐在湖边，形单影只，因此慢慢生出许多感慨来。想来人生际遇真是悲凉，曾温暖相随的人，也终究远离而去，留下自己一个人，独自面对孤独和寒冷。她想起那句古诗："早知如此绊人心，何如当初莫相识。"若是时光倒退，再给一次选择的机会，她定然不会选择和李良在一起，如此也就不会有失恋伤悲，也许也不会和马力发展成为这样说不清道不明的关系。

　　她又想到马力。她想马力了，她一定是疯了，或者就是吃饭的时候喝酒，脑子不受控制了，不然断然不会做出这样突兀的事情来。她越想心里越乱，烦躁地抱着头，把头埋在膝盖上。

马力很沉得住气，沉得陆丹心都有点熬不住了。

陆丹心不想一直这样，她想找个机会和马力摊牌，要么永远别做那些突如其来的出格的事，要么就把发生的都忘记了当不认识。唯一确定的是，她不可能和马力有什么超越朋友之外的关系，马力这个年龄段的男人，就算她陆丹心降格九个层次，也还轮不到。倒不是因为马力长得怎样，相反马力看起来魅力十足，但问题是，这个年纪都跟她爸差不多了；再说了，一个大学女生，和一个当领导的老师不清不白，别人怎么看自己？想想就怕。急是心里急，表面上还得装着平静无澜，这种事情，总不能让她一个女生主动吧！

可马力似乎并没有要谈这个事情的打算，他像没事一样地上着课，下课后一眨眼就不见了。陆丹心心想，果真姜还是老的辣，这么沉得住气。收拾书出教室的时候，不得不说，陆丹心心里是烦躁的。

"你到底怎么了？亲爱的。"钟玲多次问陆丹心。

"没事没事，莫名烦躁。"陆丹心是聪明人，多一事不如少一事，这种事情，还是自己消化好。

人的内心是有自我消化功能的，对于不好的情绪，会慢慢消化，变得不温不火，最后消隐而去。几天过去了，陆丹心那种迫切想要处理问题的情绪也慢慢消失了。后来补考成绩出来，分数不高不低，刚好60分，事实上，所有补考通过的成绩都是60分。陆丹心忍不住，就给马力发了个短信，说："成绩出来了，谢谢老师帮忙，过了。"马力过了好久才回复，很简单的三个字："不客气。"

陆丹心心里有些失望。她以为马力会多说些话的，至少自己开了这个头，他应该接着这个话题解释一下上周六的事情，不论是喝多了，还是一时色迷心窍，只要他有个解释，至少态度上过关了，那样自己心里的那个结也会打开，说不定会再去他那里吃一次红烧肉。不得不说，陆丹心想吃马力做的红烧肉了。可偏偏马力没有，他像忘记那件事情一样，不动声色，不显情感。

天气越来越暖，春天来了。又到了马力的省情课，陆丹心依旧选择了角落的位置。上课的时候，和钟玲低着头，边聊天边玩着手机。钟玲翻到一个笑话，给陆丹心分享，结果陆丹心没忍住，笑出声来，把其他同学的目光都引了过来。

马力很是生气的样子，把书砸在讲桌上，大声喊："陆丹心，站起来。"

陆丹心吓了一跳，大学以来还是第一次遭遇这样的情形，这种情形只有高中有，记忆也早就模糊了。

"站起来，没听见吗？"马力边说边向她们走来。

陆丹心心里想：终于开始了，是因为没得逞，找个机会报复吧。想着，乖乖地站了起来。

马力走到陆丹心旁边："怎么回事？很好笑吗？你这是在上课，还是在看喜剧电影？当这里是教室，还是茶馆？"

陆丹心默默听着，不说话。钟玲在暗地里扯着她的衣服，欲言又止。

马力说："说吧，我上课的时候你在干什么？"

陆丹心心里一横，心想，随你便，不信大庭广众之下你能把我怎样，便说："看电影。"

　　"不像话，现在的学生，一点都不像话，你爸妈出钱培养你，把你送到大学来，是送你来这里看电影的？你这样对得起你爸妈吗？你这样影响其他认真学习的同学，你自己不害羞吗？"

　　"我哪里影响其他同学了？再说了，哪有那么多认真学习的？这个课程高中学过了，高中历史老师讲得比你还深，为了高考，我们都背了八百遍了，还用得着这样吗？你只说学生怎么样怎么样，为什么不想想开这门课的意义是什么？"

　　"哟，还有理了是吧？觉得这个课不该开是吧？那你别读啊，你干脆退学得了。"

　　"我为什么要退学啊？我交了学费，凭什么我要退学啊？"

　　"你别给我吼，别以为自己多有理，你说的这些都是胡扯狡辩，犯错就是犯错，别把自己说得多么伟大。"

　　"哎哟，我哪有老师你这么伟大啊！我一个学生而已。"

　　这句话把马力说得够难堪。陆丹心说的时候语气很怪，她想到了马力对她的那些行为，语气中充满讽刺。马力自然听得懂，有些窘迫，闷声说："坐下，给我老老实实听课。"

　　陆丹心坐下来，周围的同学都用崇拜的眼神看着她。钟玲说："亲爱的，你太冲动了，也太大胆了，你这样，他要是报到学院里去，你不受处分，也要受班主任批评。"陆丹心愤愤不平地说："随便他，他敢那样做，我就敢接。"

下了课，马力不再像以往那样一宣布下课就走，而是慢腾腾地收拾东西。陆丹心挽着钟玲往外走，马力在身后叫："陆丹心，你等等。"

陆丹心和钟玲都站住了，钟玲小声说："完了完了，这回你完了，亲爱的，我们怎么办？要不要我先去找班主任，和班主任求情？"

陆丹心心想，该来的总要来，横了心，对钟玲说："没事，你先走吧，我倒是想看他还有什么招儿。"

钟玲走的时候，一步三回头地看陆丹心，她是生性胆小的女孩，总是容易过分夸大事态，正为陆丹心担心着。陆丹心倒不害怕，心想，反正事情已经这样了，先看看他要怎样，平静地跟在马力的后面。他们走过长长的走廊，乘电梯上楼，进入马力的办公室。人不多，陆丹心不说一句话，在电梯里的时候，背对着马力看着电梯墙。

"坐吧。"马力丢下书本，头也不回地说。

陆丹心就在马力办公室的沙发上坐下来。

"要不要给你倒杯水。"

"不用。"

陆丹心已经做好了挨骂的准备，可马力却不说话，他放下书，给自己的茶杯灌满热水，坐在办公桌前，开始看些纸质资料。像办公室里没有第二个人，像陆丹心不存在，他看得认真，头也不抬一下。

这让陆丹心极为不解，但又不好开口，走也不是，不走也不是。钟玲发短信来问怎样了，陆丹心把手机压在手掌下，回复说看样子问题不大。马力咳嗽了一声，陆丹心吓了一跳，以为他要开始了，赶紧关了手机。结果马力又没事一样地继续看资料了。

时间一点一点过去，陆丹心沉不住气了，她清了一下嗓子，站起来。"那个，老师——"

"额。下班了吧。"马力抬起头来，像刚发现陆丹心一样，他放下手中资料，站起身，披上外套，说，"你走吧！"

陆丹心搞不懂马力葫芦里卖的什么药，但她没有时间和精力思考这些，她像惊弓之鸟，逃出了马力的办公室。

原本以为要么会有一场劈头盖脸的批评，或者就是要对之前的行为做些解释，可结果却出乎陆丹心意料。她不明白，这段长时间的沉默与忽视，到底算什么。推开门，钟玲赶紧上来问："亲爱的，怎么样？他有没有对你怎么样？"陆丹心说："能怎么样呀？就是骂几句。"钟玲说："对不起，是我害得你……"陆丹心说："唉呀，怪什么怪，一个人被骂，总比两个人都被骂赚，你说是吧？"

钟玲说："为了抚慰你刚被骂过的小心灵，我请你吃饭吧！"陆丹心笑着说："好呀，我要吃红烧肉。"突然，陆丹心发现自己是真的想念马力做的红烧肉了。

08 ///

杨菲菲谈恋爱了，跟一个音乐系的才子。

这可让陆丹心和钟玲都大吃一惊。因为杨菲菲一直的态度都是，不跟学校里的人谈恋爱。当她一次次讽刺其他室友在校园的不靠谱恋爱时，人们已经断定她不会跟学校里的人恋爱了。她是那样现实和尖锐的人，就算要恋爱，也应该是跟社会上的成功人士。对于她而言，物质远远大于一切，校园里的爱情浪费精力不说，还无所"收获"。

可就是这么一个人，却出乎意料，悄无声息地跟音乐系的张天在一起了。

这一切从细微的征兆开始。一向要么跟干爹外出，要么卧床睡觉的杨菲菲突然变了，不是周末的时候，她开始忙碌起来，每天很晚才会回寝室。她不再对钟玲的爱情和陆丹心的旧事冷嘲热讽，甚至有一次讨好地问陆丹心，现在的男孩子都喜欢怎样的女生，却又说只是随便问问。

有一天，寝室里只剩下陆丹心和杨菲菲，杨菲菲突然一改以往的做派，自来熟地和陆丹心攀谈。

"哎，陆丹心，你说，我形象是不是太成熟了？"

陆丹心万万没想到杨菲菲会和自己谈论这样的话题。这个穿惯了名牌，习惯炫耀，习惯打压他人，把别人都看成乡巴佬、土包子的人，有一天竟然会用征询意见的语气找别人谈论形象问题，真真是太阳打西边出来了。

陆丹心说："嗯，对，挺成熟的，这也正好配你的气质和思想，还好。"这一句，绝对是敷衍之辞。

"那，我要怎样才能变得不成熟的样子，我的意思是，我想变得跟你们一样，我不是说你们不成熟……也就是，单纯可爱的样子，男生不都喜欢这样的吗？"

"你是要谈恋爱了？"

"不是不是，我就是突然想换换，你说我这么一个年龄的女生，却打扮得那么老干吗，是不是？你有什么法子没？"

"可以的话，先把你那个大波浪弄直吧，穿衣服也要注意，不要太露了，毕竟你的身份还是学生，可以穿些宽松点的衣服，这样身材就不会那么凸显。你身材是很好，可是勒得紧紧的，对男生太具有挑逗性，不像学生……着装上，也就差不多了，化妆也要注意，顶多淡妆，不要浓妆艳抹，像夜场里面的……"

"你才像夜场里的,你懂什么啊,大波浪多动感,穿紧身衣还不是因为我有穿紧身衣的底子,你别羡慕忌妒恨地把我一通海贬,搞得我身上哪里都不行一样……"

"别又来啊,还能好好说话不,没见过你这种人,问人家征求意见,不听就算了,还这样,真是'狗咬吕洞宾,不识好人心',觉得不好你可以不采纳呀。"

"你就是羡慕忌妒恨。"杨菲菲狡辩地说。

话虽这么说,但杨菲菲还是参照起陆丹心的建议,开始重新打造自己,不到一周,基本就换了一个人,让所有看到的人,都露出不可置信的表情。不得不说,杨菲菲换了个形象,还是挺好看的,至少比那个大波浪浓妆艳抹的样子让人看起来赏心悦目。

上课的时候,钟玲小声问陆丹心:"杨菲菲这货怎么变化这么大?是不是哪根神经搭错了?"陆丹心说:"不知道呢,有天突然问我,她要怎样才能变得清纯,这不,根据我的建议,就变成了这样,我也老想不清楚,这可不是她杨菲菲的做派啊。亲爱的,你说,她是不是有啥事啊?"钟玲好奇地说:"啥事啊?原来这一切,都是你给的建议,不过,还真佩服你,还能给她这么好的建议。要是我,早就建议她打扮成一坨屎的模样了。"

陆丹心想了想说:"你不觉得,这种变化很像十多岁那时候喜欢上一个人,想要成为对方喜欢的样子吗?"钟玲恍然大悟的样子："哦，我明白了，是要谈恋爱了吧，也许她和她干爹真的不是那种关系。"陆丹心也好奇起来："啥关系？""情人啊，"钟玲说，"你还不知道吗？我们学校好多女生在外面给那些老板当情人，都把对方叫干爹。你以为干爹仅仅是干爹啊，现在干爹早就成了情人的代名词了。"陆丹心说："切，亲爱的，你想多了吧，杨菲菲是讨厌，但看她和那个男的，平常都挺正经的。"钟玲说："也许吧，管她的呢。嘿，对了，亲爱的，我和陆平要出去玩，可能就这个或者下个周末，一起吧。"陆丹心说："我去干吗啊，我孤家寡人，去了当你们的电灯泡。"钟玲娇柔柔地捶了陆丹心的肩膀一拳："你还是快找个男朋友吧，这样我们就可以组队出去玩了。"

到了黄昏时分，陆丹心和钟玲手挽手往寝室走，正要开门的时候，杨菲菲打开门走了出来。那天杨菲菲穿着蓝色的长裙子，上身是中国风的紧身T恤，披着拉直染黑后的长发，神色清淡，化了淡妆的样子，周身散发着淡淡的香味。

杨菲菲看到陆丹心和钟玲，停下来，突然热情地说："哎，你们帮我看看，我这个形象怎么样啊，会不会太清淡了？"

陆丹心打量一下杨菲菲，说："挺好的，你这是要去约会吧，这么着急，又这么兴奋。"

杨菲菲没有回答，抛下一句"我先走了，再见"，就噔噔地往外跑去。

钟玲看着杨菲菲的背影，说："日从西边出，母猪要上树，这世界疯了，疯了。"

陆丹心被钟玲的话逗乐了，说："你哪里学来的这句话啊，真有意思。话说杨菲菲这样，像去约会吧？"

钟玲说："像，像极了！连眼神都充满了一股随时喷薄而出的小火苗呢。"

"夸张！"陆丹心边放东西边说。

快熄灯的时候，杨菲菲才哼着小曲回来，手里提着些水果，一只手拿着杯插着吸管的奶茶。她在陆丹心和钟玲的注视下，轻盈地像跳舞一样走进寝室，放下东西，舒坦地吸了口气，拿着水果去清洗。

这个过程中，陆丹心和钟玲都你看看我，我看看你。钟玲摊摊手，表示不解。

杨菲菲洗了水果，把湿漉漉的袋子递给钟玲："来，今儿高兴，请你们吃水果。"

钟玲看着她递过来的水果，一时不知道该不该接，杨菲菲不是省油的灯，接或者不接，她都有话说。钟玲拿眼神看着陆丹心，陆丹心偷偷笑了，点了一下头，钟玲才伸手从中拿了些。

"难得呀！杨菲菲，今天有喜事？还是捡着钱了？透露一下呗。"钟玲轻轻咬了一口水果说。

杨菲菲把袋子递给陆丹心，说："开心呗，还需要什么理由！对了，陆丹心，谢谢你，让我成功改变自己。我发现呀，自从我形象变了后，走在学校，回头率都高了好多。今天下午去上大课，还有其他专业的来搭讪的，可你知道的，我眼光也不低，怎么会看得上。"

陆丹心说："有就说吧，说来我们羡慕一下。"这一说，钟玲也跟腔说："对呀对呀，说说呗。"

"什么事都没有呢，别瞎猜。"杨菲菲嘴上这么说着，脸却红了。

这一晚，寝室的氛围很轻松，基本上算是大学生活以来寝室最和谐的一晚。杨菲菲上了床后，先是接了她干爹的一个电话，好像他干爹说周末来接她去家里，她说周末有选修课，还有高中同学要来玩，去不了，叫干爹别来了，又撒娇半天，才算和干爹把事情谈妥，让干爹下个周末再来找自己。挂了干爹的电话，她不知道给谁打了个电话，娇滴滴地跟对方聊了十多分钟的样子。然后她心血来潮，打破了寝室的寂静。

"哎，你们说，在学校谈恋爱都什么感觉啊？"

陆丹心和钟玲都大吃一惊。

"你没有过校园恋情吗？你到大二都还没有？"陆丹心来了兴致。

"不可能吧？"钟玲也加入进来。

"我确实没有啊，你们别看我这样，我还真没谈过，突然想知道。"

"哈哈，杨菲菲，是不是有人在追你呀？"陆丹心问。

"追我的人还少吗？"杨菲菲得意地说。

钟玲默默地发出了一声："切——"

杨菲菲说："快给我说说，都是什么感觉啊？我好想知道呀！"

于是陆丹心和钟玲就你一句我一句地把自己的恋爱感觉都告诉了杨菲菲。那一晚她们竟然聊到了很晚。

两天后，陆丹心和钟玲第一次见到张天。那天天气很好，气候已经是脱掉棉衣穿短袖的时候，但到了黄昏，天还是很凉。陆丹心和钟玲去水房打水，但水房还没到开门时间，她们就把水壶放在水房门口的树下，顺着弯弯曲曲的林间小路往水房后面的小山上逛。这是校区的最高地，林间小道由青石板铺就，隔不远就有石桌石凳，山顶有个小亭子，因为隐秘、清静，成为情侣们约会的最佳圣地。以前还跟李良在一起的时候，偶尔也来这里约会。陆丹心触景生情，心里有些酸酸的感觉。

突然钟玲碰了碰陆丹心，说："你看那是谁？"说着朝不远处努努嘴。

是杨菲菲。

那天，杨菲菲和一个男生并排着坐在一个长的石凳子上，靠得很近，那男的正说着什么，杨菲菲笑得很开心，而杨菲菲的身上，披着一件男士外套。杨菲菲很快就看到不远处的陆丹心和钟玲，她脸上闪过一丝慌张，然后对陆丹心和钟玲笑了笑。

晚上，在陆丹心和钟玲的旁敲侧击下，杨菲菲才说出实情。原来，那个男生叫张天，音乐系的高才生。事实上，张天在音乐系名声不小，歌唱得好，参加过不少比赛，成绩斐然。据杨菲菲说，跟张天是在干爹的一个朋友的商场开业小型演出上认识的，那天正好张天受邀演唱。演出结束后，在洗漱间门口两人碰了个面，没说话，只是笑了一下。干爹的朋友设宴招待，等吃完饭，已经晚了，干爹刚好忙，她只好自己去打车，结果司机启动没两步就被张天拦下来了。在车上聊了一下，才知道是同一个学校的。

"我就说，你这样变化，肯定是有事。"钟玲说。

"开始也没想，但是我发现他挺喜欢我的，老是约我，可是我没有校园恋爱的经验呀，所以才找你问了。"杨菲菲对陆丹心说。

"那现在你们怎样呢？"陆丹心问。

"就约会挺频繁的，跟他在一起也开心。我特别喜欢他的才华，但还没想好要不要跟他在一起。"

"哎哟，是谁那么看不起校园恋情来着？是谁以前总是对我们冷嘲热讽的呀？自己搬石头砸脚了吧！"钟玲突如其来的这句话瞬间把聊天气氛给搅黄了，杨菲菲也一改维持了几天的形象，破口反击。陆丹心眼看两人又开始了，赶紧插话进去，试图劝和。

不到一个星期，杨菲菲就和张天在一起了。原来杨菲菲不要她干爹周末来找她，就是为了腾时间和张天出去约会。那个周末去了清溪的一个古镇，晚上没回来，再回来的时候，杨菲菲就高调地宣布，和张天幸福地在一起了。但是，她并不像其他的校园情侣一样，她看起来很谨慎，基本不和张天手牵手出现在校园里。当他们一起散步的时候，她就像没事一样，和张天保持着一定的距离。而她恋爱的消息，也仅仅是这个寝室留守的三个人知道。

每天晚上，杨菲菲都要给张天打电话，一打就是一两个小时，娇滴滴地喊张天亲爱的。有时候她挂了电话，会给干爹打个电话，解释说晚上和朋友聊天。她刻意告诉干爹，是和朋友聊天，而不是男朋友。她对陆丹心说："干爹知道了，肯定告诉爸爸，那就完了，爸爸在她来大学之前就说过，不允许她在大学谈恋爱。大学是学习的好时机，不能荒废光阴。"她说："我怕我爸爸，我爸爸太严厉了，万一被发现了，会打断我的腿的。"陆丹心觉得杨菲菲说得太夸张了，但杨菲菲反复说，不想让干爹知道自己谈恋爱，免得被家里知道，陆丹心也就慢慢相信了。

　　有时候，陆丹心会想，也许杨菲菲并没有那么可恨，因为当她谈到张天的时候，脸上会有跳跃的微笑，幸福的影子随处可见，这是她和她干爹在一起时所没有的。她表现在他人面前的那一副面孔，也许都是因为内心的不自信。都说越缺什么越炫耀什么，她应该就是如此。从小在父亲高压的管教下，承受了巨大的压力，无处发泄，所以她通过对他人恶劣的脾气，来满足自我。这么想的时候，陆丹心就觉得杨菲菲其实挺可怜的。

　　而钟玲则会对杨菲菲报以羡慕，她想不清楚，为什么上天对自己这么不公，父亲早逝，从小缺失父爱，而她杨菲菲却享有那么多，除了亲生父亲外，还有对自己那么好的干爹，一个女孩享有两份父爱，让她充满忌妒。

　　但杨菲菲并不觉得自己幸福，她甚至不愿意谈父亲和干爹的事情，除非是干爹又带她吃好吃的了或者给她买奢侈品了，否则，她像不愿触碰内心的伤疤一样，极少谈起他们。尤其是和张天在一起后，她开始一次次抵制和干爹的见面。她对陆丹心说："我也要有自己的私人生活，凭什么我要一直活在他们的阴影中？"

自从恋爱后，杨菲菲的脾气改了不少，以前总是全身长满刺一样，总是出口伤人。恋爱后，突然变得内敛和温柔起来，有时候，这种温柔，都让人肉麻。

都说春天是适合恋爱的季节，因为气候变暖，钟玲和陆平约会的频率越来越高，一周有一半的时间都不在寝室过夜。也许是春意盎然，眼看室友们一个个都沉浸在恋爱中，陆丹心也开始心痒痒起来。和李良分开也就一个多月的样子，但陆丹心却觉得过了好久，这些时间虽然表面上装作没事一样，但私底下偶尔会想起以前那些卿卿我我的时光，突然就觉得很孤独，想要有个温暖的人在身边。陆丹心知道这样不好，唯一能做的就是找点事情做，兴许一忙，就把什么都忘了。

陆丹心决定，去找个兼职做，把课余时间都用在兼职上，一来可以让自己忙起来，不去想那些乌七八糟的事情；二来呢，还可以存点钱，靠自己的努力为自己添置些自己想要的物什。

09 ////

　　大学里兼职并不是什么稀奇事，家庭困难的，通过兼职来缓解经济压力，让自己的大学生活更为舒坦，家庭条件好的，也有想去兼职的。有的是为积累经验，锻炼自己；有的呢，只为自己赚点小钱，以便需要买点啥的时候，懒得伸手向家里要。陆丹心属于后者。

　　在老家县城，陆丹心家绝对算是有钱人。父亲掌控着一个大煤矿，在全县也是数一数二的富豪；母亲以前是政府职员，家里有钱后，也不上班了，现在整天的正事就是打麻将、逛街，闲得无聊，要么就开着车到处旅游。

　　按理说，这样的家庭背景，完全可以支撑陆丹心在大学潇洒玩乐，但陆丹心并不像一般的富二代一样坐享其成，她通过兼职来为自己的生活花销做补贴。上学期计划买部单反相机学习摄影，现在入门的单反机也得四五千，这点钱只需要一个电话就可以从爸爸那里弄到，可她不想找爸爸要，她想通过兼职，慢慢攒钱买。用陆丹心自己的话说，攒钱的过程，就是成长的过程。

陆丹心人长得漂亮，身材好，是做兼职模特的料。在此之前做过几次，收入都不错，低则二三百，高的呢，能上千。比如去年夏天去市里举办的大型车展当模特，一天下来就有八百。不过大多时候，都是小型活动礼仪之类。陆丹心在这方面是有些底子的，基本的礼仪也懂，不过这一块在学校里竞争也很大，因为学校有一个空中乘务专业，该专业无论男生女生都够漂亮帅气，身材那也是极棒，何况又是真正专业的，和他们比起来，陆丹心这样业余的，就弱了。

所以当陆丹心打电话给之前联络自己做模特的人时，人家都说，早已经和空乘专业的达成协议，以后模特都只找空乘的，对方解释说，一来空乘的学生底子好、基础深、专业知识强、质量高；二来人家人多，再大的场子都能满足。像陆丹心这样的散兵得一个一个地找，麻烦。

费了九牛二虎之力，陆丹心才找到一个新的经理人，这人是负责小场子的，每次也就要三五个人，场子小自然价格低，每天两百。陆丹心狠狠心答应了。于是周末就变得忙碌起来，一大清早就得起床，化妆，挤公交去兼职，有时候很晚才能回来，一天下来，疲惫不堪。

那天陆丹心接了个在市里举办的全省先进人物颁奖现场礼仪的兼职，中午搭车去市里，走场彩排，晚上七点钟才正式开始颁奖文艺晚会。等结束，已经晚上十点多了，陆丹心一身疲惫，脚跟被高跟鞋磨得红肿生疼，走起路来一瘸一瘸的。饭后，她索性脱了高跟鞋，光着脚，拖着疲惫的身子去搭车，结果在公交车站等了好久，都不见公交车来。这时候，一辆车停在了她的面前。

　　"陆丹心，你在这里干吗啊？这么晚了。"马力在车上喊道。

　　陆丹心没想到这个地方能遇到马力，她说："等公交呢，马老师。"她说得很客气，说得有将马力拒千里之外的感觉。

　　马力说："上车吧！"

　　陆丹心拒绝说："不用啦，车马上来了。"

　　马力说："赶紧上车，这个点没公交车了。"

　　陆丹心说："还是不了，老师您先走吧！"

　　这时候，后面的车都按起了喇叭，催促马力赶紧走。

　　马力说："赶紧呀。"

　　陆丹心只好上了车。

　　夜晚十点多，车开出市区，因为车辆逐渐减少，道路变得宽阔起来。少了白日里的喧嚣和燥热，在夜晚行车，给人以清凉和轻松。陆丹心将手搭在半开的车窗上，呆呆地看着车窗外。夜深打烊的商店、路边热闹的夜宵摊、黑暗之处行人寥寥……像电影一样一帧一帧地向后倒退而去。

"兼职很累吧？"马力看了一眼陆丹心的脚，说，"这么累，干脆就别干了，你用不着这么累的。"

陆丹心心里一笑，心里想：你是谁呀，凭什么管我。她说："不累，我自有乐趣。"她并不看马力。

马力说："我不想让你累。"

这话是认真的，至少在陆丹心耳朵里，这句话是具备足够温情的分量，它让陆丹心的心里一阵温暖，像被一只温暖的大手抚摸一样。"还好。"她说。

马力说："我有个朋友，做活动策划的，他倒是有很多资源，咱们市很多大型车展什么的，很多都出自他的手笔，也许对你有所帮助。不如我把你介绍给他，打个招呼，那样去一次比你这样小打小闹好几次都划算。"

陆丹心说："用不着，马老师，兼职的事情，我自己能解决，您的好意，我心领啦！"

"你别急着拒绝嘛，可以先看看，不行再拒绝也不迟。"马力说着腾出一只手来，掏出手机打电话，对着电话说："老杨，我这里有个我的学生，底子好、素质好，特别适合做你策划的那些活动的模特，等下我把他手机发给你，有合适的，找她吧……"

陆丹心闭目养神，她不抵制马力为自己找兼职，这种事情可有可无，若真能帮忙，锦上添花；若帮不上，也并不影响她。这一天真够疲惫，陆丹心闭上眼睛，就有了微微的睡意。

马力大声地讲着电话。对方似乎爽快答应，马力发出爽朗的笑声……

突然，汽车一个急刹，惯性使靠着休息的陆丹心瞬间飞快地向前扑去……

医院里，陆丹心苏醒过来。头顶照射下来的灯光刺得她的眼睛生疼，她闭上眼睛，又缓缓睁开，轻轻动了一下头，微微地疼。侧眼看到马力靠在病床边的椅子上，一只手上了夹板，由绷带吊着，脸上有隐约的擦伤痕迹。

车祸了。陆丹心努力地回忆晕倒之前的事情，却只记得自己闭目养神，马力在旁边大声打着电话，然后汽车急刹，砰的一声。没了。头疼让她停止了思考。

陆丹心爬起来，半坐着，一个护士从门外进来，说："你醒啦？"

"我这是在哪里呀？"陆丹心问。

"医院呀，你们发生车祸，你晕倒了，是这位先生把你背来的医院，还好你伤得不重，没什么大碍，可这位先生就不一样了，得这样吊着手过好长一段时间了……"

这时候，马力也醒了过来，半睡半醒，含含糊糊地说："护士，怎么啦？"看到陆丹心半坐着靠在床上，惊喜雀跃立刻出现在脸上。"你醒啦？你醒了怎么不把我叫醒啊？头疼不？护士，她没事吧？"

护士问陆丹心怎样，陆丹心诚实相告，除了轻微头痛外，并无其他不适。护士走后，马力有些不好意思地说："丹心，都怪我，打电话没注意，车擦在路牙上，缓冲了一段后撞上了电线杆……要不是我大意，你也不会受伤……"

陆丹心看着马力吊着的那只手，突然有些心疼，说：
"你怎么样？"

"没事。"马力笑笑说，"手受了点伤，很快就好，没
事，只要你没事就好了。"

陆丹心想要起床，马力赶紧站起来扶她，陆丹心说：
"算了，你一只手能照顾自己就行了。"她爬起来并不困
难，伸展身子，说："我没啥事，要不我们走吧。"她看看
表，凌晨一点多，不知道自己是昏迷了几个小时，还是睡了
几个小时。

深夜时分，夜风吹过，有些凉。马力的车被修车公司拖
走了，他们站在清溪的街边打车，街道上车辆很少，出租车一
直没来。陆丹心突然想要走走，她说不清楚此刻自己是什么心
情，但她就是想走走，虽然时间很晚，但路上车辆很少，正是
清静之时。

"要不，我们走路回去？"她试探性地问。

深夜走在清溪大道上，有着别样的享受，好像万物都睡
去，慢慢前行的过程中，能听见自己的脚步声，与自己的心跳
一起协奏。心情也随之变得大好，得到前所未有的放松。这样
的情形也有过一次，是跟李良。在同样的大道上，晚上和李良
的朋友在清溪吃饭，喝了些酒，结束的时候不算太晚，他们决
定走回去。

那时候正爱得如火如荼，干什么都充满力量，他们手牵

手慢步往前走，低声说着情话，并不觉得累。记得那次李良喝得比自己多，一路上都絮絮叨叨给自己说情话，说："亲爱的，我们以后一定要好好在一起，永远永远。"那些醉话，让她感动，让她温暖，让她忘记自己，他们在路边的树下拥抱接吻，相互索取对方的激情与温暖。她说："亲爱的，我好想这一条路一直没有止境地走下去，请你一定要坚持，不要轻易放掉我。"

情话还在耳畔，故人早就拥抱他人入怀，想及此，陆丹心不由得露出一声无奈的轻笑。正好一阵风吹来，陆丹心止不住地打了个寒战。

马力看着陆丹心，脸上露出一丝怜惜，他笨拙地想要脱衣服，但因为一只手绑了绷带吊着，脱不下来，笨笨的样子，有些滑稽，陆丹心笑了，说："算了吧，没事。"

马力重新把脱了一半脱不下来的衣服穿整齐，说道："丹心，你记得吗？我那次见你，就在湿地公园，也就是对面那里。那时候你哭得厉害，我只是路过，看一眼，就心疼了。"

清溪大道之外，就是湿地公园了，有河流在数十米之外与大道曲折并行，贯穿整个湿地公园。只是黑夜笼罩，看不出白日里的美景，但清幽静谧的气氛，却不曾少。"那都是旧事了。"陆丹心说。

"但对于我，却记得清楚。"马力说，"你不知道，那一刻，我就有一种拥抱你的冲动，我想若是可能，我愿温暖地拥抱你。"

陆丹心极为认真地看着马力，这个四十来岁的男人，此刻所言一词一句，语气都极为认真。她想要更清楚地看他，从来没有这样的冲动，想要看清楚眼前这个男人。在夜深的清溪大道，在灰暗的黑夜中，不知道是担心他心面不一，还是想要更近一分的靠近。

　　"但有时候我会退缩，我是你的一名老师，你是我的一名学生，横亘在你我之间的东西实在太多……"

　　陆丹心叹了口气，面无表情地说："现在说这些，又有什么用呢？"

　　她听见朦胧夜色中马力的叹息，是真实的。

　　她说："有一段时间，我特别想知道，我们是什么关系。"顿了一下，她说，"不过，没关系了，呵呵。"

　　清溪到学校并不远，这样有一句没一句地聊着，也不觉得累，很快就到了。到教学区之前，先到家属区。马力说："丹心，要不，去我那里吧，你看现在这时间，宿管早就做了几个梦了。"他用眼神示意她，希望她听他的。

　　陆丹心没有拒绝。跟着他，穿过树木幽深的小路，上楼梯，开门，灯光瞬间将眼前照亮。他转身拥抱她，紧紧的。陆丹心的心跳像雀跃的小鬼，突兀地撞击她的内心。她有一丝抵制，但并不明显。他俯身吻她，她飞快躲过去，不是太用力却态度坚决，推开他。"抱歉。"她说。

　　他苦笑一下，说："你要不要洗个澡，睡我的床，我睡客厅。"他说完转身，去浴室开灯，烧水，大声在里面说："要不要吃点东西？"

陆丹心放下包，给自己倒了杯热水，是有点饿。

"可惜不能做你喜欢的红烧肉，我给你煮碗面吧。"他从浴室出来，折身去厨房，发出轻微的响声。

陆丹心喝了一口水，内心有所平静，对厨房的马力说："澡就不洗了，倒是想吃点东西。"

很快一碗热腾腾的面就端上来，放在陆丹心面前："吃吧，吃了早点睡，你睡了我再洗个澡。"

陆丹心看马力，很认真的眼神，那一刻，她心里知道，他是爱自己的，自己对他，也是有感情的。但他们离得那么近，之间却隔着一堵无形的墙，两人之间又那么远。

她吃面的时候，马力就默默地坐在旁边，不说话。她抬起头来，说："你不饿？"马力说："厨房还有，你先吃。"

陆丹心吃完后，在洗手间简单洗了把脸，去马力的卧室睡觉。她把门关上，反锁，又把安全链套上，才躺上床。马力的卧室很大，床也很大，看来是曾和他夫人的卧室。关了灯，陆丹心把自己隐藏在黑暗中，她渴求一场酣畅的睡眠，却毫无睡意，疲惫全无，眼帘里竟全是进门那一刻马力转身抱紧自己的景象。客厅里传来响动，一会儿，浴室响起流水声，这些声音清晰地叩击着陆丹心的耳膜。

陆丹心，你到底在想什么？你跟马力这个人不可能，他太老。陆丹心心里告诉自己。虽然他让自己温暖，让自己感动，可他终究不是生命中预想的人，她不想蹚这一趟浑水。如果时间倒退，她宁愿未曾认识一墙之隔的男人。

但很快，她突然出奇地想象马力在浴室的情况，他应该还有健硕的身体，在流水的抚摸中更显魅力。这一刻眼神应该是温暖的，身体里充满远远年轻于年龄本身的能量……

马力还在洗澡，20世纪的老房子，墙壁隔音很差，流水声很清晰。陆丹心的心里更加紧张了，心快要跳出来的样子。流水声一停，陆丹心赶紧翻了一个身，尽量让自己做出熟睡的模样。浴室门发出轻微的声响，脚步声轻微，但一直在门前，卧室里依旧黑暗、安静。陆丹心感觉全身难受，又翻了一个身。

有短暂的一会儿，整个房间里静到让人窒息。胡思乱想间，她隐约睡着了。

半夜她醒来，手机显示，凌晨四点。她不是那种多梦和睡眠不好的人，通常都是一觉睡到天亮，但在这个陌生的卧室，在一个中年男人的床上，她半夜醒来，借着手机光去开门，上洗手间。出来的时候，听见客厅有轻微的呼吸，窗户半开，下半夜的淡淡月光让客厅物什隐约可见。马力躺在沙发上，睡得正熟，被子一半掉在地上。她轻轻走过去，给他拉上被子，仔细观察他的脸庞，然后心慌却又小心翼翼地逃回卧室。

再醒来，早上八点多，房间空无一人。再回卧室，在床头柜看到马力的纸条，说下去买菜做早餐，让她稍等。马力很快回来，简单招呼陆丹心，便开始忙碌。整个过程，陆丹心一直靠着厨房门看着，心里突发奇想，如果每天都有这样一个男人照顾自己，多好。

　　吃过早餐，马力说有事要外出，陆丹心也表示要回寝室。要出门的时候，马力面向陆丹心张开怀抱。那一刻陆丹心有些蒙，她明白他的意思，希望得到一个拥抱，但她不知道该怎么做，脑袋像被轰炸机轰炸过一样。在马力无奈地准备放弃的时候，陆丹心迎了上去，投入了马力的怀抱。

　　那一刻，心跳撞击心跳，陆丹心脸红了。马力在耳边说："陆丹心，我喜欢你，希望你懂……"

　　但陆丹心很快就挣脱了马力，打开门，也不等马力，跑下楼。

10 ⫻

　　杨菲菲很晚才回来，一身酒气，进屋了的时候，动作很大，把门摔得重重的，一向害怕伤到自己名牌包包的她竟然隔着书桌好远就把包丢了过去，包包落在桌子上的时候，桌上的玻璃杯也被碰落地，应声而碎，散了一地的碎玻璃。但她似乎喝得有点多，并没有打算收拾一地的玻璃碎片，而是咿里哇啦地哼着歌，去洗漱了。

　　陆丹心和钟玲你看看我，我看看你，不知道杨菲菲吃了什么药。钟玲说："杨菲菲，你杯子打碎啦！"

　　"碎了算啦，老娘明天就去买新的。"杨菲菲在洗手间把水开得很大，大声说。

　　"那你总得收拾一下吧，伤到人怎么办？"钟玲说。

杨菲菲却没有再说话。流水声把一切湮没了。流水声中，有隐隐约约的声音，像哭泣，又像轻笑。

　　陆丹心爬起身来，敲着洗手间的门，喊道："杨菲菲，你怎么了？杨菲菲，你怎么了？"

　　"没事呢。"水龙头被关上了，杨菲菲一脸湿漉漉地走出来。

　　"你没事吧？"

　　"没事。"

　　杨菲菲出来就直接上床把自己埋在了被子里。陆丹心把地上的碎玻璃收拾了，关了灯睡觉。突然，黑暗中就传来了杨菲菲的哭声，开始只是细微的声音，声音越来越大，最后变得歇斯底里。

　　杨菲菲和钟玲都被吓了一跳。钟玲打开手机手电筒，拿眼神询问陆丹心该怎么办，陆丹心也不知道该怎么办，只得摊摊手，表示无能为力。钟玲起身想要拉开杨菲菲的被子，但杨菲菲死死拽住被子，钟玲怎么也拉不开，只好从外往里塞纸巾。"菲菲，你怎么了？来，给你纸巾，你擦擦。"钟玲说。

　　陆丹心也爬了起来，站在杨菲菲的床边，说："菲菲，你有什么委屈，说出来吧，说出来就好了，别憋着。"

　　可是杨菲菲只是哭，不说一句话，哇哇哇地。很快隔壁的同学就不满意了，有人骂骂咧咧地来敲门，大声喊："你们有病吧，大晚上哭什么？还让人睡觉不？"陆丹心和钟玲赶紧把来人拉到门外，语气温软地说："抱歉抱歉，杨菲菲出了些事，正伤心呢，不好意思，打扰你们休息了。"来人说："她有病吧，你们给我警告她。"杨菲菲人缘并不好，喜欢她的人太少。陆丹心说："抱歉抱歉，你就别跟她一般见识了，理解一下吧，我们劝劝她。"

把发飙的同学送走，她们回到寝室，却发现杨菲菲已经没了声息。寝室里一片寂静。

陆丹心看着钟玲，叹了口气，低声说："快睡吧！"

正在陆丹心快睡着的时候，杨菲菲却说话了，她声音很小，说："陆丹心，你睡着了吗？"也许是哭得太伤心，她的声音还是颤抖的。

陆丹心说："还没呢，你没睡着？"

"我就没睡着，我心里难受。"杨菲菲说着又咳嗽了一声。

"你什么事啊？说说。"是钟玲的声音。

"你也没睡？"杨菲菲问。

"本来睡着了，半睡半醒，被你们吵醒了。"钟玲没好气地说。

杨菲菲说："不好意思啊。"

陆丹心说："算了，你说说吧，都发生什么事情了。"

"我被人欺负了。"杨菲菲说，"就在今天晚上——"

那天，杨菲菲的干爹大中午就开车到学校，把杨菲菲领走了。晚上，他们在市区参加干爹组织的聚会，是一帮跟干爹一般年纪的中年男人，听他们聊天的内容和语气，应该都是生意伙伴。

他们先在饭店吃饭，后来去KTV唱歌。人很多也很乱，开始的时候杨菲菲坐在干爹旁边，随着时间的推移，聚会人员来了又走，走了又来，就乱了。后来就有个老男人不知怎么地就坐到了杨菲菲身边。吃饭的时候杨菲菲喝了些白酒，在KTV也难免要喝些，有些醉意。

"美女，你好，认识一下吧！"那个老男人递过来一只杯子，一脸坏笑，看着让人恶心。

杨菲菲知道都是干爹的生意伙伴，不好拒绝，只得跟他喝。几杯酒下肚，杨菲菲醉意更浓了。迷迷糊糊中，她感觉有一只手在自己的大腿上摩挲，隔着裙子抚摸自己，是那个男人的手。她推开那人的手，那人又一脸坏笑，继续敬她酒。她不想再喝，到处张望却找不到干爹的影子，一屋子都是陌生的男人女人，相互搂抱在一起，纠缠在一起。

"美女，你找什么呢？"那男人说，"别找啦，大家都忙着呢，咱们也别闲着呀！"说着又凑上来，一把抱住杨菲菲。杨菲菲想挣扎，哪里挣扎得了，那男人这次直接掀开她的裙子，把手伸了进去。

"你要干什么？"杨菲菲生气地质问他，可是KTV里面太吵，正有人鬼哭狼嚎地唱着歌，她的质问，毫无力量，很快就被湮没。她呼救，却只看到旁边男女们一脸怪笑，相互干着龌龊的纠缠。

"别叫啦美女，你就从了我吧，以后跟着我，穿金戴银、吃香喝辣，任你享受。你看我这样，根本不缺女人，我是听说你是个学生，知道你需要钱，才这样的，我这样也算是做了好事一件。"

"滚！"杨菲菲大声喊，但是在吵闹的KTV，在这声色犬马的场合，根本没有人理会，而干爹也不知道去哪里了。她感到害怕，从未有过的害怕，好像被人丢弃在一个荒芜的国度，四下无人，只有孤零零的自己，面对黑暗的世界。

她使劲挣扎，但在这个肥壮的男人怀里，她动弹不得。"别挣扎了，在我手里你是挣扎不开的，在这里也不会有人帮助你的，你还是老老实实听话，我会好好照顾你的……"

杨菲菲急了，正好他凑上嘴来，强吻自己，杨菲菲想也没想，就张嘴咬在了他的嘴唇上。

"啊——"

疼痛使男人发出巨大且尖锐的惨叫声，松开了杨菲菲，杨菲菲也趁势挣开他。KTV里瞬间安静无比，男人捂着嘴唇，脸上露出痛苦的表情，再松开手的时候，一张嘴已经像是刚喝过猪血一样鲜红了。

杨菲菲吓傻了，恐惧让她一时不知道怎么办。当男人脸上的疼痛变为愤怒的时候，杨菲菲才想起来要跑。她站起来，抓包，迈步，跑，却被男人一把从后面扯住，再用力一拉，就狠狠地摔在了地上。杨菲菲哭出声来，躺在地上，不敢再站起来。男人想上前踢他，被人拉住。趁着别人拉着那个男人，杨菲菲连滚带爬，逃出了包房。

干爹不见踪影，电话打了没人接，杨菲菲感到极度无助，不知往何处去。在街边的台阶上蜷缩着哭了大约半个小时后，干爹打来电话，语气很不好，很生气的样子，问她哪里去了。杨菲菲看看四周，说不知道是哪里，说话的时候还是哭着的。干爹说："你傻啊？人在哪里都不知道。"干爹也许还不知道她的遭遇，她宁愿这样想。

　　"那你回来，我在门口接你。"干爹说。

　　"我不，我不，我不回去。"杨菲菲哭着说。她不敢再回去，她害怕。

　　干爹那边很吵，有人在大声说话，有人在唱歌。干爹不耐烦地说："那你仔细看看附近有什么，发短信告诉我。"说着挂了电话。

　　杨菲菲找了好一会儿，看到一个银行，发信息告诉了干爹。又在银行门口等了好久，才见干爹的车停在面前。

　　"上车吧。"干爹没有下车。以前他都是下车接她的，可这次没有，他坐在车上，用毫无感情的语气说，"上车吧。"

　　杨菲菲擦擦泪，走了过去。

　　干爹直接把车开回学校，并骂道："不是我说你，你到底多不懂事，我才去其他房间串个场，也就那么一会儿，你就闹出这么大的事情来，你知不知道把他得罪了，我一年的订单得损失多少？你以为是拿万来计算的吗？是百万哎，你太不懂事了！杨菲菲。"

　　"干爹，我，我……"她说不出那个男人欺负自己。她心里委屈，以为干爹来了，就算不帮自己去找那人算账，至少也会安慰自己，可是他什么都没有，他没有问她发生什么事情了，更不说一句温暖的话，只是一味地质问她、抱怨她。她的心里酸酸的，泪水又开始在眼里打转。

"算了算了，"干爹说，"回去好好休息吧，我下周再来找你。"说话间，车开到学校，干爹拉开车门，杨菲菲只好悻悻地下车回寝室了。

杨菲菲说着，声音又哽咽了。"他怎么可以这样，他是我干爹啊，他都不帮我，不帮我就算了，还抱怨我，埋怨我，觉得是我不懂事。难道在他看来，为了他的生意，我就应该毫无底线地付出吗？我都喝了那么多酒，难不成还要我去陪人睡觉？呜呜……"

"好啦，别哭啦，这不安全了嘛，以后跟你干爹出去，多注意一下，社会上很多事业有成的男人，都是这副德行，心眼坏，打着好多女大学生的主意呢。"陆丹心安慰杨菲菲说。

钟玲也说："对啊，我觉得你以后还是少和你干爹出去。你一个大姑娘，长得又漂亮，那些做生意的男人，有几个和自己老婆关系好的？谁不想找点刺激？严重的，不到处包情人养二奶？你呀，为了你的安全，一定要少去。"

"嗯。"杨菲菲说，"以后我尽量不去，与其去那些地方，还不如多陪陪我们家张天。"说这话的时候，杨菲菲的语气极为温柔，尤其是"我们家张天"这几个字，说得柔软温暖，好像张天就站在她的面前一样。

钟玲八卦地说："对啊，你跟你们家张天现在怎么样了啊？"

杨菲菲情绪好了很多，得意地说："很好的啊，我们在一起很快乐、很幸福，你不知道，我都后悔我大学过了一半了才遇到了他。他很会哄我开心，跟我在一起的时候，给我唱歌，买好吃的，带我玩，也不会跟我生气，真的真的对我很好，我很爱他，我想要一直和他在一起。"

黑暗中，看不清杨菲菲的脸，但陆丹心心里想，这个平时强势、势利、刻薄的女孩，这一刻脸上一定洋溢着幸福的色彩，是可爱的，让人羡慕的。

陆丹心说："那，差不多，也得让他请我们吃饭啊，这个寝室规矩，不能破哦。"

杨菲菲说："好啊，等我哪天和他商量一下，请大家吃个饭。"

钟玲已经快要睡着了，迷迷糊糊地说，那你得记在心上啊。

"必须的。"杨菲菲说，"对了，你们要帮我保密啊，我恋爱的事情，不能给我干爹说。"

"放心吧，你干爹那样的人，我不喜欢，我话都懒得跟他说一句，怎么可能给你泄密嘛。"陆丹心说，"差不多就睡吧，把今晚上的事情忘了。"

"谢谢你们，陆丹心，钟玲，谢谢你们，以前我脾气那么坏，到头来还是你们安慰我、帮助我，我脾气不好，对不起了。"杨菲菲突然无比真诚地说，"我知道大家都不喜欢我，因为我知道自己的性格和行为，就像一根刺一样老是让人不舒服，以前也跟你们吵过好多次架，请你们不要在意好吗？"

"嗨，说什么呢？谁还没个脾气啊，以后大家相处，多包容就行了。"陆丹心说，"钟玲，你说是吧？"

钟玲没有回答，黑暗中轻微的呼吸，宣告她已然进入了梦乡。

陆丹心压低声音说："钟玲睡着了。"

杨菲菲也压低声音说："丹心，谢谢你啦，以后我会克制自己的。我现在才发现，有室友真好，要是没你们，我今晚不知道要把这事憋多久呢……"

话说那次夜谈之后，杨菲菲对人的态度果然有了很大的改变。她第二天大清早就起床了，出门的时候，还问迷迷糊糊、半睡半醒的陆丹心和钟玲要不要帮她们带早餐，快中午的时候回来还买了不少水果，热情地招呼陆丹心和钟玲吃。

钟玲吃着水果，看着忙碌的杨菲菲的身影，低声好奇地问陆丹心："哎，亲爱的，你说杨菲菲今天是吃错药了吧，这个态度一百八十度大转弯，我一时适应不了，不会是在酝酿什么吧？好害怕。"

陆丹心轻轻敲了一下她的头说："吃你的东西吧，胡思乱想什么啊。"

钟玲咬一口水果，走到杨菲菲旁边，杨菲菲正在整理衣服。冬天已经过去有些日子，天气也热了，她把干净的冬衣收起来，不干净的放在一个大盆里，准备拿去洗衣房洗。钟玲说："哟，杨菲菲，今儿好勤快啊，有点反常，我记得以前你都只顾着自己那一身的哦。"

陆丹心听这话，暗自担心，换作一般情况，杨菲菲准要恶语相向。没想到杨菲菲顿了一下，说："这不冬天过去了吗？干净的要收起来，不干净的要清洗，这本来就是应该做的事情，哪有什么勤快不勤快的。"

这话让陆丹心提着的一颗心落下来。

钟玲说："要不，顺道把寝室搞个大扫除，这样也顺便锻炼你娇柔的身体呢。"

杨菲菲说："我正这样想呢！"

那天，留守寝室的三个女孩大学以来第一次极为和谐地分工合作，把寝室打扫了一遍。末了钟玲抚摸着肚子说："哎呀，好累呀，饿了。对了，杨菲菲，你这变化挺大啊。"

杨菲菲只是笑。她正在镜子前打量自己，左边看看，右边看看。

"要去约会吧？"陆丹心说。

"这还用问，看都看出来了，像只发情的小奶牛。"钟玲说。

陆丹心赶紧狠狠瞪了钟玲一眼，说："别胡说八道。"

杨菲菲说："我和张天约好一起去吃饭啦，要不一起吧，择日不如撞日，咱们就今天一起去'嗨皮'去，先去吃饭，再去唱歌，我请大家，你们把你们的对象都叫上哦。"

　　陆丹心来了兴致："这正好，刚好是周末，可以开心玩呢。"

　　钟玲说："那我还是不要叫陆平了，他年纪大，跟我们有代沟，叫了平添不爽，还不如不叫，再说了丹心还单身呢，不能让她一个人当电灯泡，哈哈，我陪她。"

　　"这怎么可以呢？"杨菲菲说，"大家都带着。对了，你们快帮我打电话给其他人，额，我怕我一打过去人家都假装没听见不接呢。"

　　陆丹心说："没事，钟玲不想带就不带了，陆平那脾气，不适合聚会，聚会必让人不爽的。玲，快，打电话，叫大家集合。"

　　在外租房的室友们听说杨菲菲竟然主动要请客，虽然有惊奇，但都欣然应允。

　　天快黑下来的时候，陆丹心、钟玲、杨菲菲经过一番彼此参照的修饰，三人穿戴整齐，一排说着话出了寝室楼。正是学生晚餐或者外出玩乐的时分，路上行人众多，都纷纷向她们投来了欣赏的目光。

　　钟玲小声说："你们看，跟你们俩走一起，我也沾光了，这回头率，好高啊。"

　　"哈哈哈……"

　　陆丹心和杨菲菲都止不住地开怀大笑。

11 ///

　　陆丹心接到电话的时候是周四晚上。对方自称是马力的朋友，说马力说了，需要模特可以找她。陆丹心想起出车祸那晚马力曾当着自己的面打的电话，心里明白了大半，赶紧客气地说："你好，我是陆丹心，有什么需要的您说。"对方说经常做活动，虽然自己不经手模特的事情，但既然老朋友说到，自然要帮忙。陆丹心客套地说着谢谢。对方说，手上的活动挺多的，要是陆丹心愿意，周末就有。陆丹心想想近来也没安排，就答应了。

　　马力朋友安排的活儿，给的价钱倒是挺高，不是大型商业活动，就是人头攒动的各种展览，或者是高端大气的酒会、茶会，流连其间的都是些有钱人。这样的活动，每次最少也得拿上七八百，总的来说，陆丹心是乐意的，唯一让自己无法接受的是，在兼职中总遇到些无赖之徒，眼睛只会盯着自己的胸部或者下身。在车展的时候，甚至有人躺到地上拿手机拍照，试图探一探裙底风光。这让陆丹心不得不随时注意，提高警惕，必要的时候，变换站姿，以避免被色狼占便宜。不过工作中的不快，会很快被下班时领到的大笔佣金带来的快乐冲去。赚钱让陆丹心有一种成就感，虽然家里并不缺钱，但经过自己的努力赚钱，那种快乐和幸福，真的是其他无法比拟的。陆丹心享受这样的生活。

那个周末，陆丹心在本市一个富豪女儿举办的生日家庭宴会当服务生，宴会的所有流程都是由马力的朋友负责策划和执行，富豪财大气粗，给钱也多，两个小时下来，陆丹心足足拿到一千元的酬劳。她决定犒劳一下自己，先去大吃一顿，再去买双喜欢的高跟鞋，然后打车回学校。

下出租车的时候，远远地看见了李良朝自己走来。李良和他的新女友一前一后地走在路上，他的新女友似乎生气的样子，板着脸走在前面，李良一言不发地走在身后，紧步跟着。眼看越走越近，陆丹心赶紧低着头走路，毕竟是伤害过自己的人，多看一眼都觉得碍眼。

不料有人迎面撞来，正是李良的新女友。"你眼瞎了啊？"李良的新女友骂道。陆丹心气不打一处来，动了动嘴，终究没有开口回骂，她心里告诉自己，没有必要为了没有素质的人，掉了自己的价。李良发现陆丹心，迟疑着说：

"你……"

"我没事，管好你的女朋友吧！"陆丹心说。李良的新女友看看李良，又看看陆丹心，再看看李良的表情，哼了一声，向前跑了。李良看着陆丹心，欲言又止的样子："你好吗？"陆丹心微微一笑："好，挺好的，看你也挺好，快去找你的女朋友吧！"说完若无其事地走开。黑夜中，校园幽静的小路上，陆丹心走着走着，眼睛却湿润了。

手机短信铃声响，是李良的短信。他说："丹心，对不起。"

陆丹心看着短信，眼前浮现出和李良在一起时的场景，那时候的卿卿我我，那时候的小吵小闹，那时候的喜怒哀乐……都像老电影一般，无声地回放着。

李良又发来短信，说："离开你以后，我过得一点都不快乐。"

陆丹心掐了自己一把，对自己说：陆丹心啊陆丹心，有点出息行不行。好像那么一掐，这么一说自己，就坚强了许多，她面无表情地回复李良说："李良，我们已经分手了。"

快到寝室的时候，收到李良的回复，只有简单的一个字："哦。"

刚到寝室门外，就听到有人在哭，是钟玲的声音。陆丹心打开门，只见杨菲菲双手搭着钟玲的床沿，正在劝钟玲。钟玲把自己捂在被子里，不露出自己，被子因此而呈现出一个人凸起的形状，头部的位置，轻轻颤抖着。

"钟玲，别哭啦，你哭得我心里也好难受啊！不要哭啦，他不值得你这样的，别哭啊，别哭！"看到陆丹心进来，杨菲菲无奈地对陆丹心摊摊手，表示无能为力。

陆丹心放下东西，轻声问："怎么了？"原来，钟玲和陆平吵架了，更可气的是，陆平还打了钟玲。

天底下的女人，十个有九个半，都最恨打女人的男人。陆丹心和杨菲菲也不例外。"怎么可以这样，这个陆平，也真的是太过分了。"杨菲菲愤愤不平地说。

陆丹心和杨菲菲耐心地开导了钟玲好一会儿，钟玲才从被子里探出头来，一张脸湿红湿红的，眼睛有些肿。陆丹心心疼地说："你看看，眼睛都肿了。"她把纸巾递给钟玲说："擦擦脸，喝口水。"杨菲菲就赶紧去倒了一杯温水。

"你们到底怎么了？"等钟玲稍微平复了情绪，陆丹心问道。

"他吼我，吼我也就算了，还动手指我，打我……"钟玲简明扼要地说着，而陆丹心和杨菲菲的表情却简明扼要不起来，她们的表情有着丰富和充沛的愤怒，为的是陆平如此对待钟玲。别说是陆平，就算一般男人，对女人动手，都是没法忍受的事情，何况他陆平还是一名大学老师。太可气了。

原来那天钟玲和陆平约好去高中同学的生日会。几天前，钟玲接到高中同学的电话，说生日要到了，邀请她一起过，顺带说了一句，把你对象也带上吧。钟玲的高中同学在另外一所大学读书，钟玲不远千里来清溪读大学，本身朋友就少，难得也有一个和自己一样不远千里前来的高中同学，当然倍加珍惜，平时得空经常打打电话联络感情，空闲时还相约一起游玩聊天，这下高中同学过生日，钟玲就算有再大再忙的事情，也要放在一边，去赴约。原本陆平是不去的，陆平说自己很忙，钟玲说再忙不急一个晚上，何况还是周末。可陆平不答应，不答应就算了呗，钟玲心想那就自己去吧。可到了高中同学生日当天，陆平却突然说要去，这让钟玲丈二和尚摸不着头脑，但既然他要去，自己自然是乐意的。

　　他们先到市区，给同学买礼物。买生日礼物是件苦差事，买贵重了，有显摆的嫌疑；买便宜了，显得小气。钟玲思来想去，不知道买什么。这个季节，不像秋冬，实在不行，买双手套、买个帽子、买条围脖什么的就能应付。钟玲逛了两个小时，看了一家又一家店，还没敲定礼物的事情。陆平就有些不高兴了，嘟囔着："你们女生还真是麻烦，买个东西走了两个多小时，看了这么多家店，还是买不了。你同学就那么娇贵啊？"

　　钟玲可不乐意听到这样的话，但心里知道陆平跟着自己走来走去也挺累的，不想和他发生争吵，影响了心情不说，如果情绪持续到同学的生日宴上，两人横眉冷眼，那得多丢人。她说："亲爱的，知道你累，但这不也是为了给同学挑个好礼物嘛。你想想，她可是我在这个城市唯一的高中同学啊。"

　　"就你同学重要，我不重要，挑吧挑吧。"陆平虽然年过三十，但这一刻，竟像个不听话的小孩子，气冲冲地走在前面，遇到钟玲想看的店，就远远地站着，不陪钟玲进去。

钟玲的心里难受极了。她好几次跑去挽着陆平的手，都被陆平甩开。大街上人来人往，一双双眼睛就这么看着这对闹别扭的情侣。陆平当众甩开钟玲的手，让钟玲很伤心很伤心，但她并没有表现在脸上，虽然内心难受，脸上还是要面带微笑，笑中又带着隐隐约约的哀求与悲伤："亲爱的，不要这样嘛。"

　　正在这时候，高中同学来电话，说："亲爱的，你在哪里呢？什么时候过来呀？"钟玲说正在路上买礼物呢。同学说："买什么礼物呀，你能来就是最大的礼物了。"话是这么说，可钟玲知道，怎么可以空着手去呢。她问了对方的内衣尺寸，说给你买最贴身又贴心的礼物吧。

　　可是附近却没有内衣店。这可烦了陆平，本来走了好久，情绪就已经写在脸上了，这下又要到处找内衣店，脸色更差了。钟玲妥协说："亲爱的，要不这样，你到旁边找个地方坐着，对，你看那家奶茶店，你去里面休息，我自己去买，回来找你。"她以为陆平会因此而缓和情绪，没料到陆平向着那家奶茶店走去，说："你最好给我早点回来。"

　　走在路上，钟玲越想越气，越气越想哭。想想别人的男朋友，嘘寒问暖，无不对自己的女朋友关怀备至，自己的男朋友呢，像个大爷一样。可是，为什么自己就这么爱他呢？都说恋爱中的人，智商为零，情人眼里出西施，爱了，不管对方好坏，统统都可以接受。所以恋爱中别人看来无法接受的事情，对于相爱双方来说，并不为过。

　　陆平爱我吗？真的爱我吗？钟玲在心里问自己。她竟然不知道答案，要是换作平时，或是换作其他人问，包括陆丹心和杨菲菲，只要问出这样质疑的问题，她一定会在第一时间坚决地反驳："他爱我，如同我爱他一样，我相信。"是的，曾经她是那么坚信这个叫陆平的男人一定深爱自己，她深信付出多少就一定会收获多少。可是，是什么让她开始怀疑自己，也怀疑陆平呢？她不知道。

带着一大堆问题，她终于找到了一家内衣店，挑了套价格合适的内衣，急匆匆地往回赶。陆平在店里百无聊赖地玩着手机，脸上带着笑。钟玲强笑着，像个小孩一样，从他的身后窜过去："亲爱的，我回来啦。"说着扬了扬手中的袋子，炫耀地说："看，我买到了，我同学一定会很喜欢的。"

陆平脸色有些慌张，飞快地收起手机："哦，你想吓死我啊？"

看到陆平的举动，钟玲心中咯噔了一下，问道："你在干吗呢？"

陆平说："没干吗，玩玩手机，走吧，你同学怕是等不及了。"看起来他心情不错，当然，除了隐隐约约的一点点不易察觉的慌张。

大学生过生日，无非就是邀约一群好友，热热闹闹吃一顿饭，找个KTV、酒吧之类的地方，疯狂一下，切个蛋糕，唱个生日歌。晚上的生日聚会，来者钟玲多不认识，挨个介绍下来，都是高中同学的室友、同学之类。同学介绍到钟玲时，大声说："各位，隆重介绍一下，这个是我高中同学，那时候我们班六十多个人，来这么远读书的，也就我们俩，她可是我在这个地方唯一能够谈论故乡的人，她叫钟玲。"掌声中，一个男生幽幽的声音说："是个美女。"这话引得众人大笑，笑得钟玲和陆平的表情都有些不自然。等稍微安静了，同学才突然想起陆平似的说："对了，这位是钟玲的男朋友，叫什么来着？"钟玲接过话，"他叫陆平。"说话的时候，用眼角的余光瞥了陆平一眼，只看见他脸上明显写着不耐烦，钟玲的心里就沉了下来。

剩下的活动都过得极为压抑，因为知道陆平不高兴了。其他人倒是都欢天喜地，吃了饭后去唱歌，叽叽喳喳像不安分的小鸟，大多唱得撕心裂肺，具备强劲的杀伤力和穿透力，偶尔有一两首唱得过去的，大家就过分地鼓掌、欢呼，好像唱歌的不是常人，而是某个大明星。

钟玲是不唱歌的，她向来不习惯在人多的场合表现自己。陆平也是，他的脸色上，写着不耐烦，也写着不屑。钟玲搞不清楚，他是不喜欢这个场合，还是不喜欢眼前的这些人。钟玲只是乖乖地坐在旁边，挽着他的手，身子向他倾斜，靠在他的肩上。

场面有十五六个人，人多嘈杂，同学也招呼不过来，跟钟玲说了会儿话："亲爱的，对不起啊，冷落你了。"钟玲自然是客气相对："没关系，我理解的，这么多人，你照顾不了那么多。"说这个的时候，就听到一声"哼"。包房再嘈杂，可钟玲还是听出这一声来自旁边的陆平。

有男生过来敬酒，小杯子里满满的啤酒递到面前，说：

"美女，敬你一杯呗，对了，连着你男朋友吧，来。"

陆平却不接酒，摆摆手，意思是说不喝酒。

敬酒的男生有点尴尬，开玩笑说："那我就敬美女了，你不要吃醋呀。"

钟玲只好抵杯相碰，与对方把酒喝了。

敬酒的男生刚走，陆平就附在钟玲耳边说："跟男生喝酒很好玩吧？"

钟玲心里虽然不开心，但还是说："亲爱的，你是不是不喜欢这里。不喜欢的话，我们先走，反正我们离得远，就给同学说要赶车。"钟玲也只是说说，毕竟时间还不晚，只是想用这样的话，安慰安慰陆平。

不料，陆平说："好啊，赶紧走吧，我早就想走了。"

同学死活不让钟玲提前离开，说："蛋糕还没切，你就走了，你可是我在这里唯一一个老乡啊，怎么可以先走啊！"大家也说："是啊是啊，多玩一会儿，切了蛋糕再走，反正现在还早。再说了，你们两个一起来的，不存在晚不晚的问题呀，是不是？"

那天晚上，为了将就钟玲和陆平，同学把切蛋糕的时间提前了。吃了蛋糕，在同学的陪同下，出包房，穿过喧闹拥挤的大厅，走到宽阔的大道上来，陆平就一个人远远地站在旁边。钟玲和同学又说了些热心的话，相互告别。

在回学校的出租车上，他们默默无语。钟玲委屈地看看陆平，陆平却僵着脸，扭着脖子看向车窗外，不看钟玲。钟玲讨好地拉陆平的手，陆平迅速地收了手，突然冒出一句："钟玲，我受够了。"

无论是语气、语速、态度、音量，都让钟玲惊了一下，出租车司机也惊了一下，因此出租车一个急刹，停在路边。司机回过头，诧异地问："哥们，您是哪里不开心？怎就受够了，我车没开好吗？"

钟玲赶紧说："对不起师傅，不是说您，不好意思，不好意思！"

司机嘟囔着，发动车子。

钟玲再也没说话，心里却有一股火燃了起来。下了车，已经有些晚了，小吃街的人们都纷纷往教学区里走。钟玲往寝室方向走，陆平突然问："你去哪里？"钟玲说："回寝室。"她不想和陆平吵架，此时此刻，再多说一句，都可能点燃内心的怒火。陆平说："你什么意思？你不去我那里？"钟玲再也忍不住了，她歇斯底里地说："陆平你什么意思？当我是什么？想要的时候，就要；不想要的时候，冷着个脸。你想想今天一天，你是怎样对我的？"因为过于激动，她完全控制不住自己，声音很大，路过的人都听到了，纷纷放缓脚步甚至停下来，等着看一场好戏。

陆平断然没想到，一向软弱的钟玲，会有如此爆发的一刻，他有些无措，但很快就冒出了一句："那你觉得你算什么？"

一种巨大的深不见底的悲哀，袭击了钟玲的全身，她完全失去了理智，没说话，冲向陆平，扬起手掌。但她的手被陆平抓住了，两人僵持着，两只手紧紧抓着，僵在半空。激动只是一瞬间的，陆平用力过度而给手带来的疼痛让钟玲很快就败下阵来。

"我没想到，你陆平会对我说出这些话来，跟你在一起，我什么也不管也不顾，现在你竟然这样对我，每说一句话，都像准备了充足的弹药，你陆平够狠！"钟玲说着，想要挣开他。

陆平却不放手，问她要怎样。

"我要和你分手！"钟玲字字坚决，咬牙切齿，眼神坚定地看着陆平。

陆平甩开钟玲的手，转身走了。

看着陆平的背影，钟玲的眼泪哗地流了下来。这个越走越远的男人，这个对自己并不好却被自己深爱并为之付出这么多的男人，终究是如此狠心。要怪就怪自己太无知太傻，傻乎乎地对他好，谁的意见都听不进去，现在终于遭到报应了。报应，呵呵。钟玲心里绝望地告诉自己，分手吧。

"那他到底有没有打你？"陆丹心问钟玲。

事实上，也算不得陆平动手打了钟玲，只是甩了她的手，这个举动在讲述中被过分夸大，以示自己的委屈和对方的可恶。但是把打没打放在一边，单单陆平对钟玲做出的事情，就足够陆丹心将他鄙视一万遍，真是丢了陆家人的脸了。陆丹心对钟玲说："亲爱的，别伤心了。"

"我要和他分手。"钟玲说得很坚定。

陆丹心和杨菲菲都吃了一惊。是的，这太不像钟玲了，在她们眼里，钟玲一直都是离不开陆平的，分手这样的事情，不太可能。可是这句话真真切切是从钟玲的嘴里说出来的。

　　旁边的杨菲菲也赶紧围上来："你确定吗，钟玲？"

　　"我确定。"

　　"那就好，干干脆脆分了。陆平那样的人，根本不值得你这样的。你看你长得漂亮，温柔可爱，喜欢你的人多了去了，让他后悔去吧……"

12 ⁄⁄⁄

是马力的课。

　　课间，陆丹心和钟玲牵着手去洗手间，回来的时候，两个人并排着穿过楼层过道。钟玲情绪不好，因为和陆平分手的事情，整夜睡不着，也吃不下东西。谁都看得出来，钟玲是爱陆平的。这些日子里，陆平总是往钟玲的手机里发短信，说自己如何想念如何爱她。每每钟玲打开手机，陆丹心和杨菲菲都在旁边说："你可得想好，同样的错误，不要再犯一次。这一次痛过，以后就好了，不要反复在一场痛里面进进出出。"于是钟玲就强忍着，删了陆平的短信。但陆平却一如既往地往钟玲手机发短信，有时候也打电话，但被钟玲挂断后，也不连续打，接着发短信。有些时候，钟玲心情还不错，可是突然看到短信来信人是陆平，脸上立马就晴转阴雨了。因此，两天里，钟玲走到哪里，陆丹心和杨菲菲都陪着她，吃饭，逛街，买东西，打水。

那天陆丹心穿了蓝白相间的长裙，高跟鞋，走起路来有嗒嗒的声音。钟玲喜欢跟陆丹心走在一起，陆丹心人长得好看，有气质，走到哪里回头率都高。钟玲自知没有陆丹心引人注目，但也知道自己并不差，所有那些目光投过来的时候，她内心其实是享受和自豪的。她喜欢陆丹心的那一身裙子，无论是色彩、褶皱、尺寸、款式，都喜欢。她说："丹心，我喜欢看着你穿它，很美，美中不足的就是，腰身有点细了，这样有点紧紧地勒着你的胸部，太明显了，要是我断然不会这样穿。"她不喜欢把自己的身姿暴露得太多。

陆丹心觉得钟玲太可爱了，她乐呵呵地说："没事，姐们身材好。""你就嘚瑟吧，在那些男生眼里呀，你就是砧板上的鱼，只可惜砧板不是他们家的，不然你早就被生吞活剥了。"钟玲也笑了笑。

楼梯转角的一边，是一个小小的平台，马力站在那里吸烟。看到陆丹心和钟玲从前面转过去，他把陆丹心叫住了。钟玲看到陆丹心有事，收住笑，说："我先进教室去。"

"怎么样？兼职的事。"待钟玲进了教室后，马力问陆丹心。

"挺好的，谢谢马院长关心，我觉得挺好的，要不是您介绍，恐怕我也没机会，总之谢谢啦！"陆丹心摆正姿态，客气地说，态度上，已经生生地拉开了和他之间的距离。

马力的脸上有些诧异。"我们，我们之间……"

陆丹心打断说："马院长，之前有些失态的事情，就把它忘记吧。"陆丹心知道，马力是什么意思，毕竟主动投入他怀抱的事情，才过去没多久，那些细节历历在目，可是这些日子里，马力什么表示都没有。有时候陆丹心会无比激动，觉得自己应该向钟玲一样大胆勇敢，因为她自己深知，对于这个叫马力的男人，她是有好感的；可有时候她又无比冷静地告诉自己，我们之间能有什么结果呢？我们的年龄差距二十来岁，他的孩子都跟我差不多年纪了，我们这算什么呀？如果马力主动了，有什么表示了，也许陆丹心真的会勇敢一下，可是他没有，一点也没有。这一刻，陆丹心就无比坚定和冷静，说："马院长，我不记得以前发生什么。"

马力有些尴尬，深深地吸了一口烟，转移话题说："裙子不错，挺好看，显身材，衬肤色，好看。"

"谢谢了！"陆丹心并不打算和他多说话。她转身的时候，其实是希望他叫住自己的。说不清楚那一刻的心情，但内心却是希望他把自己叫住，说点什么。

这短暂的交谈并不被人关注。世事喧器，值得人们关注的事情太多太多了，一个中年教授和一名漂亮学生彼此之间充满故事的简短对话，对于路过的人来说，其实无异于白开水。这就好比很多我们自认为气壮山河的故事，在别人眼里其实不值一提，真正有意义的事情都是我们去经历了的，未曾经历的都能感受其深刻与厚重。甚至，有些东西，再宏大的叙事结构，也终究轻描淡写，好比陆丹心客气地说出那一句"谢谢"，好比马力终究没有说出多余的话。

——就这样，刚刚好！

"我一直在想，你们能谈什么呀？"刚坐下，钟玲就一脸好奇地看着陆丹心问。

陆丹心心里有些慌，她坐下来，在手提包里摸索着找餐巾纸，拿出来，却又不知道拿餐巾纸干吗，只好顺手擦了一下脸，假装俏皮地说："你猜！"

"我猜呀，也许是他喜欢你，像你这么漂亮的，我要是个男的，早就追你了。不过我要是男的估计没机会，所以还是当女的好，可以随时都抱你、摸你。"说着就摸了陆丹心的大腿一下。

"你这个死变态，胡说八道什么呀？"陆丹心被她一摸，心里反倒不慌了。

"那就是，你喜欢他咯。"钟玲说。

"天啦，你个钟玲，脑子里是只有这点事吗？"陆丹心说。

"谁让你叫我自己猜的，说吧，你们聊什么啦？"

"我兼职的经纪，和他认得，她就问了些我兼职的事情，叫我在外面要小心。"陆丹心心想，自己的脑子转得可真够快呀。

课上到一半，钟玲小声地说："亲爱的，话说你和李良分手有些时间了吧，想不想接着谈恋爱呀？你应该不缺资源吧。"

"也不长，才一两个月，看缘分啦，谈恋爱可伤人了。"陆丹心发自内心地说。

"也是啊，我就特别后悔跟陆平在一起，可是现在后悔也没用了。"说着话，钟玲的脸色也变得不好了。

陆丹心知道她伤心事又来了，赶紧说："好啦好啦，咱们不谈这个。"

李良再发来短信的时候，陆丹心已经小睡了十来分钟。夏日逼近，下午空气开始闷热，陆丹心听不进去课，一抬眼就总是看到马力如火如灼的眼神时不时地扫射自己，听到他的声音，也会怔怔地想起和他的事情。索性将耳机戴上，用散下来的头发遮着，趴在桌面上发呆，慢慢就迷迷糊糊睡了过去。

短信提醒的振动，在桌面上发出咕咕的声音。陆丹心一下子惊醒过来，醒来第一件事就是打量一下四周，发现每个人都在忙着自己的事情，有听课的，也有埋头睡觉、低头看书玩手机的，似乎谁也没有关注到自己的囧态，这才放心地收起耳机，看手机短信。

"丹心，今天看到你了，中午吃饭的时候，在食堂，那家以前我们经常一起去吃面的面馆，你和钟玲坐在一起，吃的也是我们以前经常一起吃的红烧肉面，我好想过去和你打招呼，可是我又担心你心烦，所以就在不远处坐着。丹心，你比以前更加美丽漂亮了，让人着迷……"

李良的短信，字字都像长了很多脚的小蜘蛛，在她的眼里爬来爬去，也在她的心里挠来挠去，让她平静的内心突然又不平静起来。

和李良分开，却没有改掉和李良在一起的那些习惯，尤其是对那一家面馆红烧肉的喜爱。经常去吃，以前是跟李良一起，成双成对，甜甜蜜蜜，老板不忙的时候，还和老板闲聊几句。分开后，李良的位置被钟玲替代，有时候，钟玲忙，身边坐着的那个人，就成了杨菲菲。分手后，陆丹心从没有独自一人去那里吃过东西，她害怕那种一个人面对曾经和恋人甜蜜相对的场景，她避免独自去欣赏和经历曾一起欣赏和经历的风景。可是她知道，不能再回到李良身边去，最好是一点关系都没有，即便看到他的时候，还是会心里难受，看到他的短信里这些温暖的话，还是会心里暖暖的。可是，同一遭路，不要经历第二次，她对钟玲说的时候，其实也是对自己说。

　　"是吗？我没注意的。"陆丹心回复简短，对于心里下了决定的人，没有必要再有过多的交谈。

　　直到下课后，李良才回信息，他说："丹心，我和她分手了。"

　　李良和新女朋友分手了，这关陆丹心什么事。陆丹心心里知道他为什么告诉自己，从这些天他总给自己发信息来看，他是想复合了。也许是对新女朋友厌倦了，也或许是觉得新女朋友没自己好。但不管什么原因，想起来都可笑。和自己分手的时候态度坚决，好像陆丹心就像个累赘，和新女友分手了却又赶紧来告诉她。这种人，已经够可恶了，这一招，只会让自己更加可恶。

　　李良说："丹心，跟她在一起我一点也不快乐，我们之间一点也不合适，性格不符，总是吵架，她像个孩子，我跟她在一起很累，只有跟你在一起的时候，我才会开心、快乐……"

陆丹心说："李良，你真搞笑！当初跟我分手的时候你说得多好呀，把所有的不是都推到我身上；现在呢，跟另外一个人分手了，也是把所有的不是都推到对方身上去，你一个大男人，难道就承担不起一丁点责任吗？你想想，以前我们在一起的时候，我哪里对你不好，等到你要分手的时候，随便拣出一样儿，都足以把我打败。我算是服了你了，像你这样的人，我们不可能再有发展。"

李良说："丹心，你是在恨我吗？我知道你恨我，因为你爱我，因为我伤透了你的心，因为在你离不开我的时候我狠心离开了你。我现在知道错了，我想回去，想回到你身边。我现在明白了，我真正爱的人是你。当时我只是一时鬼迷心窍，瞎了双眼，请你一定要原谅我，再给我一次机会……"

陆丹心看着他的短信，心里很痛，面上却露出了一丝丝冷笑，回复道："李良，不可能的了，以后不要联系我，请你不要再打扰我。"

李良说："丹心，你是不是有了新的爱情？"

陆丹心说："我跟你不一样，我没有你那么着急，一段感情还没结束就找上了另一个，刚分开就迫不及待地和别人在一起，分手的时候你给我的那一堆理由，无非都是为了掩饰你自己跟别的人勾搭在一起的事实，我当时没有揭穿，只是觉得没必要什么都撕破。既然你下了狠心，就请不要再回来犯贱。我也一样，我犯过一次贱，绝不会再犯第二次。希望你记住，我自己也会记住。"

也许是陆丹心说话太绝,李良没再回复。

陆丹心想起和李良在一起的时光,心里问自己,当初的自己,到底是被什么蒙蔽了双眼。她知道自己不是笨的人,对很多事情也能看个清楚明白,唯独面对李良,失了方寸,最终也输得一塌糊涂。那时候,她很欣赏李良的才华。李良写的每一个字,在她眼里都熠熠生辉;李良说的每一句对这个社会的不管是客观的话还是偏激之言,对她来说都充满了个性与魅力。李良和不少女同学关系暧昧,她也大度地接受,自认这是自己男朋友充满魅力。而这样充满魅力的男子和自己在一起,自己也同样充满魅力。她不曾想,自己的大度终究害了自己。

陆丹心啊陆丹心,这世上坏人太多,以后的年岁,你得时刻小心,照顾好自己。夜深之中,她在心里对自己说。

黑夜之中,有轻微的呼吸声。陆丹心翻了一下身,已经过了零点,不远处的铁路上突然有火车经过,喧嚣不断。

钟玲的声音和黑夜中的空气一样轻,幽幽的,没有力气的样子。

"亲爱的,你还没睡觉吗?你今天怎么了?"

陆丹心小声说:"没事呢,就是睡不着。"

跟钟玲对爱情的义无反顾付出又遭受打击比起来,陆丹心感觉自己还算幸运,因为即便是分开了,自己也还能保持独立清醒,知道自己不应该再沉溺过往。但钟玲不同,钟玲是中了毒的人,虽然跟陆平说了分手几天了,看起来也还算正常,但陆丹心知道，她实际上并没有那么坚决，这从她偶尔独自发呆的眼神里，可以看出来。

想到这里，陆丹心叹了口气。

13 ///

中午休息的时候，杨菲菲的电话响起来，她躲在洗手间接了一会儿出来说："我干爹来看我了。"杨菲菲说这话的时候，脸上并没有以往干爹来接自己的时候那样兴奋，反而多了一分烦躁。

以前，杨菲菲的干爹一般都是在周五或者周六才来找她，来了就会把她接走，到周日再送回来，可这一次不同，周四中午就来了。

距离上一次，已经有些日子了，这日子不长不短，但足够杨菲菲忘掉上一次在KTV被干爹的生意伙伴欺负的事，也足够杨菲菲好好地陪陪男朋友张天了。

这些日子里，杨菲菲和张天打得火热，经常一下课就不见了踪影，问起来，都说是陪张天练琴什么的。她甚至想要送张天一把吉他，她说，听张天说现在用的吉他老了，想换把新的，可是张天家境并不好，近期也没有啥演出无法攒钱。杨菲菲说要给张天买把吉他的时候，陆丹心和钟玲都起哄调侃她。可是她也没钱，她说不想靠别人，想用自己的钱买。

令人奇怪的是，这一次她不像以前一样了，换作以前，她一定会说："这算什么啊，我给家里打个电话，我爸爸随便打点钱过来，够买十把吉他了。"与此同时，她也似乎再不提自己的家事，不说自己家多么有钱了。在旁人看来，这是杨菲菲向着被大家接受和喜欢走出的重要一步。

要说杨菲菲和张天在一起，果真是变化了不少，形象变了，脾气也好了很多，跟陆丹心和钟玲相处起来，也和睦了。这算是一件让人开心的事情，可干爹的突然出现，好像一下子就把她拉回那个刻薄、势利的杨菲菲去。

只见她不开心地自言自语，像咒骂，却也像抱怨。

"不想见吗？"陆丹心问。

"烦死了，我其实特别不喜欢他来学校找我，以前不懂事，总觉得他来找我，给我增添了很多光芒；可是现在觉得，总是来找我，让同学们看见了多不好，以后都怎么看我啊。"杨菲菲说。

"没事的啦，人家是你干爹，来找你怎么了？"钟玲插话说。

"我——"

杨菲菲欲言又止，不再说话。

杨菲菲去见她干爹就没回来，下午上课后也不见踪影。陆丹心给她发了个短信，过了好一会儿，她才回信："干爹家里有事，我去帮忙，晚上也不回来了，假如老师点名，帮我抵挡一下。"又说："手机快没电了，打不通就是关机了，别担心。"陆丹心回信说："那你小心点。"她却再没有回复。

　　杨菲菲在周五下午回到学校，她站在学校广场上给陆丹心打电话，说道："陆丹心，你们今晚上没有安排吧，我请你吃饭、唱歌喝酒怎么样啊？就咱寝室的，对哦，还有我男朋友。"

　　杨菲菲请客的地方，是学校附近菜最贵的一家菜馆，点了满满一桌。她热心地招呼大家夹菜吃饭，但脸上却看不出喜悲。她的理由是，一方面，是和张天一起请大家吃饭；另一方面，也是为了庆祝钟玲恢复单身。她说这些的时候，钟玲不动声色地坐着，整个吃饭过程中她都寡言少语。陆丹心想说杨菲菲真是神经，哪壶不开提哪壶，想了想还是不要点破，只是给钟玲夹菜，说："亲爱的，多吃点，别瘦了。"

　　吃到一半，杨菲菲想起什么似的，说："对了，我还给我们家张天买了把吉他，我也不知道好不好，只是觉得好看，就买了。"

　　一把崭新的吉他，摆在包房角落里。大家大声鼓掌，要求张天唱一曲助兴。张天有些尴尬又有些激动，他也许并不知道杨菲菲要给他礼物，无措了几秒钟才想起站起来拥抱杨菲菲，说："谢谢你，亲爱的。"

杨菲菲怎么就突然有钱了呢？陆丹心脑海里突然冒出这个问题来。她仔细观察了一下对面坐着的杨菲菲，只见她神色疲惫，眼神里隐隐有些读不懂的内容，想来内心肯定不是表现出来的这样。

　　"快吃菜呀，盯着我想什么呢？"杨菲菲叫陆丹心，陆丹心反应过来，尴尬地笑笑。也许，是家里给打了钱吧，陆丹心心里想。

　　饭后，杨菲菲在KTV开了个大包房，由于人不多，就更显得寥寥了，但是那却是个喧嚣而疯狂又放肆的夜晚。那一晚上，杨菲菲喝醉了，钟玲也喝醉了。杨菲菲直接被张天拖着去了旅馆，告别的时候，还边走边挣扎着要和钟玲喝。而钟玲一路吐了几次，才回到寝室。

　　陆丹心把钟玲扶上床，用热水帮她洗了脸，给她喝了水，才躺下。原本还剩下三人的寝室，因为杨菲菲不在，而钟玲沉醉，一时竟然静悄悄的。

　　陆丹心半坐在床上，打开手机，想要找个人说话，她首先想到的是马力。

　　酒精使她有些头晕目眩的感觉。在输入框里，她颤颤巍巍地输入自己想说的话："我不知道该怎么办，我是你的学生，你是我的老师，为什么我们会发展成这样？"

　　随着嘀的一声，手机提示没电，关机了。陆丹心看着手机关机动画，突然放肆地笑了起来，看来老天爷也不希望自己这时候找马力。想到这些，她内心因此而放开很多，索性把手机丢在书柜里，睁大眼睛，痴痴地发呆，想着旧事。

她想起一个久未相逢的故人，是高中时喜欢自己的男生。那时候每天早上他都会给陆丹心买早餐，但却从没有表白过，每当别人讥笑他的时候，他都使劲地埋着头，不说话，不反击，忍气吞声的样子。有一两次陆丹心看不下去，挺身为他说话，会看见他抬起头来，满脸通红，但神色之中有幸福。那时候，陆丹心是男生心中的梦中情人，而他只是角落里沉默的、缺乏自信的一根草。陆丹心喜欢他的样子，内向、安静、不张扬，有种静态的美。那段时间，每天对于他会送上什么早餐，她都心存幻想。可是，她不爱他。她爱那些喧闹的、折腾的男孩子，和他们每一个都有很好的关系。

对于爱情，陆丹心虽然自认客观独立，但也有自己的幻想，有自己所期盼遇见与得到的对象。曾经以为李良是那样的人，可事实证明，李良终究只是一个让她生命更为丰茂的圆满的个体风景，曾热烈相爱，然后带来巨大的伤害。而未来的那个人，会是怎么样的呢？陆丹心想到这个问题，皱了皱眉，没有任何答案。

在我们某个特殊的年岁里，总是对未来抱有很多幻想，对于未来要过的生活，要相亲相扶的人，都做了足够明晰的设定，可时间终究验证了我们所设想的一切，多半都不能实现。这个道理需要经历和时间来求证。陆丹心过早地明白了它，从李良狠心离开她身边的时候，她就明白了这个道理，不可对未来抱太多希望和设想，因为往往希望越大，失望就越大。因此这一刻，黑夜之中，半醉半醒之时，她竟然无法回答自己这个

136

生涩的问题：你，陆丹心，到底要的是什么？

她不知道。

黑夜给不了她任何回答……

当陆丹心昏昏欲睡的时候，钟玲又开始吐了起来。陆丹心一下子就清醒起来，赶紧爬起身来，下了床，踩着拖鞋，去照顾钟玲。"亲爱的，你是有多难受，唉——"

陆丹心去开灯，钟玲却不允许，她只得就着台灯，把钟玲呕吐的污秽之物清理掉，去洗手间拿了杯子和盆，给她倒水漱口。

钟玲要她关掉台灯。房间里恢复一片漆黑。钟玲竟然哭了起来，眼泪哗啦啦往下流。漆黑而宁静的黑夜中，钟玲的哭声显得格外大。

陆丹心知道自己劝不了钟玲，一来她喝醉了，二来她憋了快一个星期了，哭出来也许更好，就任由她流眼泪，不说话，只是默默地坐在旁边，一手握着钟玲的一只手，另一只手有些困难地给钟玲撕纸，给她擦眼泪。

钟玲哭着哭着，开始说话。

"陆平，为什么这样对我？是我哪里不好？你不知道我多么爱你。没有你的这些天，我每一分钟都过得好压抑，没有一刻不想你……陆平，我好恨我自己，为什么要爱上你，如果我不爱上你，就不会受到你的伤害，就不会这么难受……"

听着钟玲边哭边说着这些话，陆丹心觉得自己心里也好难受，眼里痒痒的，用手一揉，竟然掉下眼泪来。她心疼地俯下身子，拥抱床上的钟玲："亲爱的，不要伤心了，不要为了不值得的男人伤心……"

子夜两点多，陆丹心醒来，发现自己趴在钟玲身上睡着了。钟玲已经熟睡，陆丹心觉得浑身没劲，她费了好大的劲才爬上床，摸了一会儿才把手机的充电线插进充电孔里去，摸着打开手机，刚开机就有短信跳出来。有来电提醒，马力曾打来两次电话，相隔十来分钟。其中一个短信来自马力，说："睡了吧，晚安。"

陆丹心是被钟玲吵醒的。钟玲一大早醒来就到处收拾，发出刺耳的声音。

陆丹心睁开惺忪的双眼，说："亲爱的，你怎么起这么早？多睡会儿吧，昨晚上你喝醉了，还记得怎么回来的吗？"

钟玲叹了口气，说："以后千万不能喝醉，吐了好多，到处都脏了，没给你惹麻烦吧？我好无法接受这样的自己。"

陆丹心说："还好。"她觉得头痛欲裂，很快又沉沉睡去。再醒来，是电话铃声吵醒的。钟玲已经收拾完毕，半坐在床上发呆。电话是马力的朋友打来的，让她别忘记八点钟有个大型商业活动的礼仪，提前到好化妆准备走场。经他提醒，陆丹心才想起来，他确实在两天前和自己说过这个，说是一个大型商业酒会，需要几个长相好的模特，主要是负责酒会一个抽奖环节的颁奖礼仪，顺便站站场，让场面更大气一些。

这年头，美女已经成为一种装饰，在任何大型活动中，没有几个像样的美女站着坐着，主办方都觉得活动上不了档次，参与者也都觉得没啥意思。有了美女，参加活动的人即便对活动本身没啥兴趣，也会对美女有兴趣，这样就保证了活动现场不至于空落落的。

午饭和钟玲一起吃的，在小吃街一家装修讲究的火锅店，烟雾缭绕中给杨菲菲打电话，杨菲菲懒洋洋地说："还让不让人睡觉呢你们。"她们哈哈大笑，说："你是昨晚折腾累了吧，这个时候了还睡觉，还是你们家那个的身体太温暖，舍不得离开被窝啊？""去，我挂了啊，忙着呢。"杨菲菲挂了电话。

吃饭的时候，钟玲又问："昨晚上我到底有没有什么失态的啊？"

陆丹心笑着说："没有呢，除了吐，一路上吐啊吐，回寝室还吐。"

"哎呀，太丢人了。"钟玲说，"看来还是不能乱喝酒。"

吃完饭，她们顺着学校的小路散步。正是温暖的时节，走在路上，风轻轻地吹着脸，暖暖的，柔柔的，有一瞬间让陆丹心感觉像一只温暖的手在抚摸自己。风吹动裙摆，让人有种飞翔的错觉，好像周遭的一切，都跟自己一样，美到无言。路边有很多开放的花朵，散发出醉人的芬芳，沁人心脾。

钟玲天真地张开怀抱，小跑着凑近去看那些簇拥着开放的花朵，脸上洋溢着快乐的微笑，大声说着开心的话："哎呀，好美呀！"

"你知道吗？我爸爸去世后，就没啥人陪我玩了，以前一起玩的小伙伴们，都说我没爹，他们就都不和我玩了。我因此变得内向，胆怯，自卑，独自默默成长。渐渐习惯了一个人后，我开始喜欢身边的细微之物，一只蚂蚁、一棵树、一棵草、一朵花，我都能和它们聊天。那时候，我以为他们都懂得和我交流，长大后我才知道，其实它们并不懂得和我交流，只是因为我太孤单了，太需要一个可以倾诉的对象了，所以自认为它们也懂我。直到现在，我依然喜欢这些细微的东西，比如这朵花，我怎么看，它都像有表情一样，你觉得呢？"钟玲说。

"你要相信，不管是一只鸟、一棵树、一棵草、一只蚂蚁，还是你眼前的这些花，它们都是有感情的，懂得在合适的时候盛放，也知道在合适的时候悲伤地枯萎。你能与它们讲述，你们就是朋友。你也要相信，只要你敞开心扉，生活中还是有很多人愿意和你说话，跟你分享喜怒哀乐的。我们身边的每一个人，都不再是年少无知不懂事的样子。"陆丹心安慰钟玲，跟她一起站在花丛中。

"我好想一直如此开心快乐下去，没有悲伤，没有忧愁。"

"你会的。"陆丹心看着钟玲的侧脸说。

14 ///

活动大厅人潮涌动。入眼之人，都衣着光鲜。这样的商业酒会，陆丹心跑过几次场，因此对其也就不那么大惊小怪了。倒是跟自己一起跑场的几个女孩，神色放出欣喜光芒，到处自拍发微博，品尝美酒和自助餐。

陆丹心的手机被她放在内衣里，梗着胸部，紧紧的，热热的。因为穿着的是旗袍，又担心手机放包里锁着会有临时急事的电话，只能如此解决。但电话一来的时候，陆丹心就心慌了，不可能当着那么多人的面，解开旗袍领口拿出手机。她慌慌张张跑去洗手间，费了些劲才把手机弄出来。

马力在电话那边说："我昨天晚上给你打电话，关机了，没有想到今天天都黑了，你还不回复我，我就再打来电话问候一下。"

陆丹心解释说："睡着了，白天也挺忙的，我也就忘记了。"

聊了几句，马力问她是不是在兼职，陆丹心给了他肯定的答案。

挂了电话，回到嘈杂的大厅，音乐已经响起，大厅中央的舞池中已经有人开始翩翩起舞，主持人用柔软而富有磁性的嗓音挑动着人们的神经。陆丹心看见跟自己一起兼职的几个女生也夹杂在人群中跟男人们跳舞，她们跟对方贴得很近，恨不得把自己贴到对方身上的样子，脸上盈盈带笑。

马力的朋友走过来，说："陆丹心，你累的话，就去旁边休息一下，这个环节得有好一会儿。你看这些人都忙着呢，你可以先去控制室里面休息，等差不多需要忙的时候，再出来。"看得出来，也许是因为马力的关系，他是挺照顾自己的。陆丹心谢过他，慢慢向控制室走去，控制室在对面，直行要穿过跳得正欢的一帮人，所以她选择绕着大厅边缘过去。

突然一个长得肥胖的男人挡住了陆丹心的去路，说道："美女，跳支舞吧，我注意你很久了。"

陆丹心看着眼前的男人，心里一阵厌烦，这男人长得实在难看，还那么胖："不好意思，我不会跳舞。"

"不会跳舞正好，我教你。"

"不好意思，我不会，也不想学，我想过去休息一下！"

"哎呀，美女怎么一点都不给面子？"

"不是不给面子，确实是不会，抱歉！"

进到控制室，透过那个小小的监控窗口，陆丹心看见邀请自己跳舞的男人，已经搂着一个和自己穿着同样旗袍的女孩在晃动的彩灯下扭来扭去。他那只肥肿的手，紧紧扒在那女孩的腰上，上上下下地摩挲着，脸上露出恶心的笑。那个女孩呢，脸上也笑着，动着嘴，好像正和那男人说着什么。陆丹心虽然不知道那女孩名字，但人是认识的，因为一起跑了几次场了，面孔早已熟悉，知道她是市区一师范大学的学生，已经不是第一次见她这样跟男人们周旋了。

对于这样的女孩，陆丹心谈不上讨厌，但要让自己成为这样的人，实在是做不到。她讨厌那些逢场作戏的男人，所以每次这种场合，她都尽量让自己不和男人们有交流，不忙就躲在一边，忙完拿钱赶紧走人。

可是这一次，走起来却没有那么顺利。活动完了，兼职的女孩们都一脸疲惫地坐在沙发上等着经纪人发钱走人。经纪人走来招呼大家去吃东西，有女孩开心地说"好呀好呀"。陆丹心却不去想，她实在是累，想早点回去。可是经纪人说："不行，老板说了，要大家留一下，吃个消夜再走，重点是，请模特跑场是临时决定的，经费没算在策划费用里面，所以大家的酬劳还在老板手上，老板说忙完一会儿就来，让大家先去吃东西。"

在喧嚷的夜市里，女孩们七嘴八舌地点了很多小吃，经纪人提议喝点酒，女孩们鼓掌表示赞同，陆丹心感觉到渴，就连续喝了几杯。后来大家敬经纪人酒，说些感谢的话，经纪人又反过来敬酒，然后是女孩们相互客气地敬酒，这样一下来，不到半小时，陆丹心就觉得自己脑袋有点晕了。

电话响了几遍，陆丹心才打开，有好几条短信，其中有李良发来的，说的无非是自己多么想和陆丹心重新开始之类的话。陆丹心突然心里很烦躁，把他拉黑了。马力也发来短信，问她在哪里。陆丹心想了想，告诉他说还在吃东西，又加了一句："喝酒呢，喝了好多。"后面加上的那一句，像是故意的一样。马力问在哪里，陆丹心就把地点告诉他了。

老板来得晚，让陆丹心惊奇的是，老板正是那个在活动上邀请自己跳舞而被无情拒绝的丑男人。目光交汇的时候，陆丹心不好意思地低下了头。老板来了先财大气粗的样子，大声喊加菜，然后掏出一沓钱丢给经纪人，说给大家分了。其他女孩看到钱，都惊喜地哇地叫了出来，像没见过钱一样。

现场热闹非凡，姑娘们热情地和老板喝酒，说着俏皮的话，希望老板多多关照。老板脸上堆着笑，盯着女孩们的胸部，嘴上答应着，说不帮漂亮的女孩帮谁。陆丹心身处这种推杯换盏假话连篇的场合里，心里感到十分厌烦，加上喝了不少酒，脑袋昏沉，并感到无所适从，想要走，又不好开口，就这么熬着。

老板和其他女孩说着过分的玩笑话，像才发现陆丹心似的大声说："哎呀，美女，怎么傻傻坐着呢？喝酒呀，来来来，来我身边坐。"

他这么一说，他身边的女孩脸上虽带着不甘，却也识趣地为陆丹心让出了一个位置。

陆丹心怔怔地看着那个位置，不知道怎么办。经纪人用手碰了碰她，小声说："陆丹心，老板叫你呢。"

"不好意思，我不胜酒力，已经不能再喝了，你们喝吧，我就坐这里挺好的。"陆丹心赶紧说。

老板脸上露出不高兴的神色，经纪人的脸上也开始不开心起来。经纪人小声说："大小姐，你就委屈一下吧，不要惹他，把他哄高兴了，以后我的生意好做，好事也少不了你的。"

原本因经纪人多次看在马力的面子上对自己照顾有加而对经纪人印象挺好的，可听他这么一说，陆丹心瞬间就觉得他也丑陋不堪。"真的对不起，我不能再喝了。"陆丹心心里知道，不能再喝酒，万一喝多了，天知道会发生什么事情。她知道自己面对的都是些什么人，一场酒后，人家想拿你怎么样就怎么样。现在这社会上的男人们，平时看起来衣冠楚楚，斯文儒雅，私下里能有几个坐怀不乱、不怀色心？

老板劝陆丹心说："美女，没事的，就喝点嘛。再说了，回不去的话，今晚的住宿我给你包了，五星级酒店，随你选！"一句一字，说得大声而豪气十足，好像不只是为了说给陆丹心听，也是说给在场的所有人听。

"真的不好意思，我不能喝酒了。"陆丹心态度很坚决。她心里知道，只要稍微一动摇，这一晚上就完蛋了。

场面变得很尴尬。有一瞬间，谁都不说话，女孩们用奇怪的眼神看着陆丹心，老板则一脸不爽，使劲喝了一大口酒，经纪人赶紧讨好地说："老板，别放在心上，她还小，不懂事，你就大人不记小人过！你看你身边这么多美女，她们可都陪着你呐。"说着朝老板身边的女孩们使眼色。一个长相姣好的女孩识趣地凑上去，一只手搭在老板肩上，另一只手抬起酒杯，软绵绵地偎着身子，把自己挂在老板身上似的，娇滴滴地说："老总，来，我陪您喝一杯！她不懂事，我们可懂事呢，敬老板开心。"

老板脸上绽开淫荡的笑容，对着那女孩的脸蛋，亲了一口，说："还是你懂事。"说着一只手就捏住了那女孩的屁股。

陆丹心实在看不下去了，又加上刚这一遭，恨不得马上就离开这里。正好有短信来，马力问在哪里，说人在路口，接她的。

陆丹心突然激动起来，她站起身，说要走，朋友已经来接。老板头也没抬，和一个女孩聊得正欢，只有经纪人叮嘱她小心点。

到小吃街路口要穿过拥挤而狭窄、喧闹无比的街道，身边行人拥挤，叫卖声、交谈声交融混杂。陆丹心心跳得很快，不知道是因为喝了酒，还是因为要见到马力。她隐约觉得，想早一点再早一点走出去，但又感觉那一段路走得特别漫长。

马力下车朝陆丹心跑过来，扶住她："你喝这么多干吗？站都站不稳了。"他把陆丹心放在座位上，为她系上安全带，关上车门，再转到一边开车门坐在驾驶座上，启动车子。

他说："我一知道到你在这里喝酒，就赶紧来了，担心你，所以来接你。"陆丹心喃喃地说："你为什么才来，你为什么不早点来？"马力说："这不来了嘛。"

车在城里兜转了些时间，才开出城区，去往清溪。夜晚清溪大道车少，行车也就快了许多。马力打开车窗，夜风吹着陆丹心，让她舒服了许多。

她说："你为什么那么讨厌？"说话的时候，软绵绵的一只手，伸过去打马力，正好打在马力握方向盘的手臂上。

"哎哟大小姐，你是要我们再出一次车祸吗？"马力赶紧调整姿势，说，"好好坐着。"

陆丹心说："你到底是什么人？为什么要走进我的生命？为什么要对我这么好？为什么又不告诉我你到底要干吗？"

马力目不转睛地盯着前方，说："我想你，我想拥有你。"

陆丹心全身火辣辣的，说："你说谎，你既然想，你为什么不告诉我，为什么没有任何表示？"

马力没有再说话。陆丹心也没再继续问下去。

他没有问她在哪里下车，她也没说要去往哪里。汽车停在家属区，马力打开车门，陆丹心一言不发地下了车。夜深了，他们没有说一句话，穿过小小的花园，夜色下芳香四溢的花不动声色地开着。上楼梯，一步一步如同心跳，他们不敢说话，怕一开口就管不住自己。

马力开门的时候，钥匙好久没插进去，他有些慌张，说话的时候语气颤抖："妈的，怎么回事呢？"

陆丹心哆哆嗦嗦地拿出手机，打开电筒给他照明，看见他颈上有微微的汗。他跟她一样着急。

打开门，开灯。

马力翻身，抱住了陆丹心，陆丹心也热烈地回应着他。手里的包和钥匙，都掉落在地上，谁也没有多余的手去捡，他们的手都在对方身上。马力一脚把门踢关上，整个客厅里就只剩下他们的喘息。

把灯关上，这一刻，浑身颤抖，这种感觉，是跟李良在一起从未体验过的，紧张，又害怕。在这个夜晚，她害怕跟自己亲热的男子看清自己。

马力松开她去开卧室的灯，又把客厅的灯关了，他走起路来像是在奔跑，生怕行动慢了，浪费一分钟时间。她脱掉高跟鞋，赤脚走到沙发边。客厅的灯被关了，但因为卧室灯开着，卧室门开着，有一束光照在客厅的角落，使得客厅不至于那么暗。她看到马力走向自己，再一次狠狠地抱住她。

"你不知道我有多想你！"马力亲吻着她的耳朵，轻声说。她倒在沙发上，手紧紧地抱住马力，任由马力放肆地亲吻自己。

好一会儿，他才稍微平静了一些，开始有条不紊地爱抚她，像目标明确的一场战争，他思路清晰，攻城略地，脱掉她的长裙，手指轻柔地划过她的肌肤。一股热烈的火，在她的体内燃烧起来。

"不要。"她冒出一句，毫无抵抗力的拒绝。这一刻，有挑拨的享受，却也有莫名的恐惧与罪恶。

马力有一瞬间的停顿，在黑暗中观察她的反应，在得到她的默认后，又开始爱的抚摸。

陆丹心终于被挑拨得失去控制，她需要一场疯狂的对决，像随时准备冲锋陷阵的斗士，她要刀兵相接，要歇斯底里的一场温暖与风雪。

马力在她的额头轻轻亲吻，自己动手把自己扒了个精光，又把她脱得一丝不挂。黑暗中，他们对视，在沙发上，在这个偌大的世界上一个不起眼的角落里，彼此赤裸相对，相互欣赏对方最真实的一面。他们的气息交汇，发出巨大的喘息声。

马力抱起她，走进卧室，放倒在大床上，俯身下来，盖在她的身上，进入她的体内。

"嗯啊——"

一声肆无忌惮的呻吟，自她的喉咙中，禁不住地传来……

我是谁？我为什么会这样？为什么会和这个四十多岁的男人发生这样的事情？是因为爱吗？还是仅仅因为一时糊涂的冲动？

陆丹心不知道，是因为本身就对这个男人有爱，还是因为刚和李良分手后需要这一场疯狂才能疗伤。她想起在书中看到的一句话，大抵是说想要忘记一段感情，方法永远只有一个：时间和新欢；要是时间和新欢也不能让人忘记一段感情，原因只有一个：时间不够长，新欢不够好。想到这句话，陆丹心恐慌起来，难道，真的，仅仅是这样？

一大堆问题，困扰着心跳稍微平复的陆丹心。关灯后的卧室里，听着马力轻微的呼吸声，有一千万个声音在脑海里询问着她。

生命中从未想过的事情，如此真实地发生了。她又突然无比确信，她是爱这个男人的。爱他的细心，也爱他的成熟。跟李良比起来，他有太多优秀之处。可是，他年纪那么大那么大，远远超过了她内心之中对于另一半的年龄限制。她内心矛盾，极度复杂，一时不知如何是好。可木已成舟，她闭上眼睛，告诉自己：陆丹心，无论怎样，你都怨不得别人，这一切都是你一步一步走到的。

马力再一次抱紧她。"丹心，跟你一起，我很快乐。这一次，是我从未体验到的放松的快乐，谢谢你！"

陆丹心问他："你爱我吗？"真是可笑，她竟然这样幼稚地问出爱不爱的问题，对于这样年纪的他和这样年纪的她，说爱多么不合适。可是，她就是想知道，这个刚刚给自己身体带来无限喜悦的男人，到底爱不爱自己。

他沉默良久："丹心，我喜欢和你在一起，喜欢你的一切，但是，我不知道如何和你说爱，你知道的，我已经这个年纪了……"

她不再说话，任他在身边轻轻耳语。他无非是要告诉自己，希望和她在一起，也许真的相爱，但不会说出来。是不是该说这是个谨小慎微的男人，从来都没说过一句"我爱你"，却一次次让她无法控制自己，让她在喜悦与罪恶中煎熬和流转。他的身上有一种特殊的气场，在迷惑着她，让她逃离，靠近，渴求，抗拒。幸福并罪恶着。

她管不了那么多了。

这是一个黑暗的夜晚，一个疲惫又快乐的夜晚，她不想去想那么多，只想躺在这个人的怀里，像只怕事的鸟，在庇护下安睡。

她很快睡去，梦见大片开放的油菜花，在远处的山脚下绵延不断，那是她一直想去的地方，一个小有名气的旅游区，有典型的喀斯特溶洞和世界闻名的大瀑布。她尤其喜欢大片的油菜花，之前曾和李良商量，说春天去看油菜花。她走进花丛中，与每一朵花亲吻亲近，听见有人在身后唤她，声音熟悉，却无从分辨，转身过去，只看见人海茫茫，那声音，像李良的，却也像马力的……

15 ///

当新一天第一缕晨曦跃出遥远的天际线，温柔地照射在静谧的大地上时，惊慌失措的陆丹心逃出了马力的家。

那一段路好长好长。从家属区到教学区，也就是十来分钟的路，可是陆丹心走得好漫长好漫长。她恨不得马上就回到寝室。她害怕在这条路上遇到认识的人，害怕他们看出她的惊慌，好像现在谁看一眼，都知道这个年轻的姑娘在过去的这个夜晚发生了什么事情。

她矛盾的内心怦怦跳个不停的同时，也有一个声音在反复质问着，陆丹心，你到底是怎么了？为什么一点都不成熟？另一个声音说，陆丹心，昨晚上你还幸福地享受他对你的好，为什么一夜之后你又开始犹豫、开始矛盾了？

推开门，寝室的人都还没有起床。钟玲懵懵懂懂的，头埋在被子里，闷声闷气地问："谁呀，大清早的，这么吵。"

陆丹心小心翼翼地走进门，轻轻关上门，像个怕被发现的小偷。不料杨菲菲却半坐起来，眯着双眼道："陆丹心？你昨晚干吗去了？"

陆丹心脑子里嗡了一下。难道杨菲菲知道什么？

杨菲菲说："打电话一直关机，你干吗去了？"

陆丹心松了口气，说："有朋友来了，昨晚上在外面玩，太晚了就没回来。"

杨菲菲倒回床上，一会儿就发出了轻微的呼噜声。

把自己扒光，躲在被窝里，陆丹心这才发现，身上好多地方的肌肉都酸疼无比。陆丹心脑海里又浮现出昨晚上的那些情节，一点一滴，清晰明了。完了完了，陆丹心掐了自己大腿一把，剧烈的疼痛让她自己瞬间清醒过来。

开始的时候，她怎么也睡不着，脑海里缠绕着千丝万缕的东西，有忧伤纠结，却也有隐隐约约的小幸福。她实在是弄不懂自己，马力这个人，到底哪里好，虽然帮过自己几次，做过几次好吃的，但他年纪大，且从没说过爱自己。可是为什么在那一刻，就没能控制住自己，还那么热烈地回应他，想到这些陆丹心的心里都会有羞耻感。可是可是，我就是爱上他了。陆丹心在纠结中沉沉睡去。

她在闷热中醒来，发现自己把自己捂在被子里，难怪睡梦中一直感觉热得不行。正午时分，窗外阳光正好，是一个温暖的好天气。

"你醒啦，你说梦话了，咕噜咕噜的，不知道你在说什么，怎么也听不清楚。"钟玲坐在书桌前，俯着身子在写什么，听见响动，扭头看了陆丹心一眼，又继续在本子上写着。

陆丹心心里又慌了，如果自己说了梦话，说的内容会不会与马力有关？与昨晚上的事情有关？天呐，要是说给室友听到，那这张脸往哪里放啊。陆丹心定了定神，试探地说："我说什么了？"

"天知道，我这耳朵都竖起来了，就是没听清，不知道你神神叨叨地在说什么，还一会儿笑，一会儿哭。"钟玲说。

"不是吧，怎么可能哭？"陆丹心半信半疑地揉眼睛，并没有发现半点哭过的痕迹。

"也不是哭啦，总之，就是一会儿像在笑，一会儿又像哭一样。"

"好吧，你是在忽悠我吧。你在写什么？杨菲菲呢？"陆丹心转移话题说。

"写作业呀！杨菲菲她干爹来了。哎，对了，丹心，我怎么老觉得杨菲菲和她干爹怪怪的，你说杨菲菲和他——"

"呸呸呸！钟玲，胡说八道什么，不知道别瞎想啊！咱们吧，不管他们什么关系，就当人家真的仅仅是干爹和干女儿关系，再说了，我可没觉得有什么不对劲。"陆丹心说话的时候，心里是不开心的，因为钟玲的话一字一句地敲在自己的心弦上，好像钟玲说的不是杨菲菲，而是自己。因为照马力的身份和年纪，他们在一起，就算是真心相爱，在旁人眼中，不也就是老男人和小情人的关系吗？

"唉呀，我也就是胡说八道，就是觉得有点怪，但愿我想多了。"钟玲说，"对哦，你作业做了没？省情课不是要求每个人写一篇文章，介绍自己的家乡吗？"

陆丹心想起来，上一堂课马力在下课的时候，确实是安排了这么一个作业，说是下一堂课上交，还要请些同学上台介绍。这几天一忙，竟然把这事给忘记了，这一天已经是本周最后一天，明天下午就有马力的课，作业再不做，已经没多少时间了。陆丹心又眯了会儿，极不情愿地爬起来，洗漱，和钟玲并排坐着赶作业。

陆丹心的老家是西部山区小县城，离省城很远，坐火车得七八个小时，倒是离另外一个省很近。面积不大，唯一拿得出手的，就是丰富的煤矿资源。也正因为丰富的煤矿资源，这个小县城的经济才得到了超越同市其他地区的发展。后来随着全省经济大繁荣的政策，小县城正式划归省里，成为省直管县。陆丹心想来想去，除了这些，没啥可以介绍了的，要旅游没旅游，要文化沉淀没文化沉淀，也没出过什么名人。

做作业的时候，寝室里很安静，突然钟玲的电话响了，有短信进来。

陆丹心提醒她，你手机响了。

管它呢，先把这一段写完。钟玲的家乡在海南山区少数民族地区，海南因旅游而得名，能介绍的自然就多，加上她写字向来一笔一画，极为认真，所以做起来很慢。她写了一会儿，起身去床上拿手机，看了短信眉开眼笑地回来。

　　"姑娘，什么事情把你美成这样？"陆丹心好奇地问，"是不是，有帅哥勾搭你了？"

　　钟玲像个小孩子一样，脸上露出浅浅的红晕，双手紧握手机放在胸前，开心地说："陆平给我发信息啦！"没等陆丹心说话，她又说，"陆平说他很想我，给我道歉，叫我原谅他，额——"

　　看到陆丹心用不可置信又"哀其不幸怒其不争"的表情看着自己，钟玲意识到陆丹心并不愿意听到这些，也不愿意看到自己这样，赶紧止住脸上的笑，说："我这就删了，让他去死吧！"

　　这一切看在陆丹心的眼里，却不是这样的，她好像看到钟玲一脸委屈，眼泪在眼眶里打转的样子，心里突然好难受。她因此而后悔自己的行为，因为对于钟玲而言，陆平就是一枚毒药，她陷进去了，即便这些日子里，很多时候看起来钟玲都没啥事一样，可是一旦安静下来，陆丹心就会明确地感受到她对陆平的想念，她的神色中已经写满了自己的情绪。她突然想，自己有什么权力去干涉她，因为只有她自己才更清楚什么样才会快乐，即便陆平这个人再孙子再不是人，可是钟玲爱上他了呀！她埋下头，说："钟玲，你饿吗？我们去吃饭！"埋下头是不想看见钟玲难过的脸，也不想让钟玲为难，因为她自己知道，钟玲舍不得删除陆平的短信。

　　临到出门吃饭的时候，陆丹心才发现手机没电一直关着机，她把手机留在寝室充电，跟钟玲出去吃饭。吃饭回来快到寝室的时候，钟玲突然说忘记买东西了，让陆丹心先回去。陆丹心心想：反正没事，就说我陪你去吧，饭后走走，就当是消食了。可钟玲不愿意，她说自己去就行了。陆丹心只好一个人回到寝室。

脱了鞋子，摆一个让自己舒服的姿势半躺在床上，陆丹心拿起手机开机一看，有未接来电，来自马力，两次，早上和下午各一次，相隔数小时。也有短信，同样来自马力，有一条是空白，一条只有一个表示疑问的表情，其他几条写满了字，大体说自己想陆丹心了，问陆丹心在干吗，吃饭没，心情怎样；又问是不是生气了，为什么不回复……总之是些碎言碎语。陆丹心想了好一会儿，实在不知道如何接话，就说："早上没注意关机了，刚吃饭回来，才看到。"

马力很快回复道："我想你，你想我吗？"

陆丹心僵在那里，不知道如何回复才好。

马力又说："昨晚上真是个美好的夜晚！丹心，你让我再一次感受到从未有过的年轻，谢谢你！"

陆丹心差一点就哭出来，不是感动，不是委屈，而是逼急了，不知道如何回复他，不知道如何是好。

马力很快又发来一个"嘿嘿"的表情，像得逞的小将军，无处不流露一种让人厌烦的贱。

杨菲菲的破门而入把陆丹心吓得半死，手一抖，手机就滑落下去，很不幸地掉在了地上，散成了几块。

"疯掉了，你要干吗啊？"陆丹心心里那个气呀，可看到杨菲菲一脸的怒气，知道她情绪不好，又缓和语气说，"你怎么了啊？你要吓死我了！"边说着边下床来，捡起散成几块的手机，重新组装在一起，试了一下，还能开机。

杨菲菲知道自己把陆丹心吓得不轻，赶紧说："不好意思，我开门的时候没注意，抱歉抱歉！"

陆丹心知道她肯定是遇到事情了，问道："你怎么了？"

杨菲菲说："没事，没事。"她边说边脱衣服，外套、紧身T恤、长裤、内裤、内衣，然后一丝不挂地在陆丹心睁得大大的眼睛注视下，走进了卫生间，随后卫生间里传来了水流的哗哗声。

陆丹心开了机，知道手机没坏，放心了。突然又想起洗手间没有热水，赶紧跑到洗手间门外，大声敲着门："杨菲菲，杨菲菲，你怎么了？别用冷水洗澡啊，会感冒的。"

水流声不止，杨菲菲也没回应。

"你不是去找你干爹了吗？怎么回来就这样了？你倒是说话呀！"陆丹心小声问。

"我没事，我热着呢，洗个澡就出来，没事的啊！"杨菲菲在里面大声喊着。

"神经病。"陆丹心咕噜一句，躺回到床上。经这么一闹，陆丹心竟然冷静了许多，正好马力又来信息，催问怎么不回复，她就回复说："我不知道，我想要安静安静，麻烦你不要打扰我，我也请求你，为我保密。昨晚上发生的事情，都是因为我喝了酒，如果被别人知道了，我将不知道如何面对这个世界。"她把话说得温婉却又绝望，心里想着，马力看到这些字句的时候，内心应该会有一定的触动，为她的婉转，也为她文字中透露出的委屈和绝望。

果然，马力没再发来短信。

杨菲菲洗澡洗了十多分钟，湿漉漉地出来，拿湿毛巾往自己身上擦。陆丹心看不清她的表情，只觉得脸惨白惨白的，心想也许是冷水的影响。她起身去阳台帮她拿前些天晒出去的浴巾，递给她的时候，看到她的胸前有几个红印子，像吻痕。

"你这是怎么了？鬼使神差的。"陆丹心明知故问。

杨菲菲说："吻痕呀。"又补充说，"张天留的。"

她的语气竟也那么平静。

天色暗下来，躺在床上的杨菲菲就开始咳嗽起来。"给你说了别用冷水洗澡，你看，感冒了吧？"陆丹心说，"我让钟玲给你带点药。"

想着让钟玲带药，才恍然想起，钟玲说自己去买点东西，怎么去了这么久还不回来。陆丹心若有所思地给钟玲打电话，好一会儿才接通。钟玲那边很安静，她低声问："怎么啦？"

陆丹心问："你在哪儿呀？"

钟玲支支吾吾地说："我，我，我在奶茶吧呢！那个，有朋友过来，我们一起喝点东西，怎么啦？"

陆丹心问："奶茶吧这么安静啊？"

钟玲顿了一下，说："是呀，刚好没啥人呢，怎么了？"

陆丹心心里明白了大概，说："你什么时候回来？回的路上给杨菲菲带点药吧，这个二货回来不知道发什么神经，用冷水洗澡，这下感冒了，正咳嗽得厉害呢？你要是回来得晚，我就出去买，如果回来早，我就懒得跑了。"

挂掉电话，陆丹心止不住叹了口气。

半个小时后，钟玲回到了寝室，除了给杨菲菲买的药外，并没有多余的东西。她低着头，似乎在刻意避开陆丹心的眼睛。

不到晚上十点，杨菲菲就高烧得很厉害，陆丹心和钟玲把她送到校医院，校医一听是发高烧，简单做了登记，说："送清溪人民医院吧，近期大家也看电视了，到处流感频发，早送早好。"

陆丹心和钟玲给校医千解释万解释，说："杨菲菲只是用冷水洗澡引起的，与新闻上让人惊慌的流感没关系。"可校医哪里听得进去，只是一个劲地说："赶紧送去，出问题我可负不了责。"

在清溪人民医院的病床上，杨菲菲时睡时醒，断断续续地做着噩梦，泪流满面地反反复复迷迷糊糊地说着"不要"之类的话，醒来却死活不告诉陆丹心和钟玲自己梦到了什么。等到高烧退了，病情稳定下来，已经是凌晨了，眼看杨菲菲还有几瓶液没有输，她们只好继续在医院里熬着。

深夜的医院里，除了偶尔走过的护士，难以看到人影。病房里，杨菲菲睡着了，输液管里液体轻轻地滴着；钟玲侧躺在另外一张空的病床上，也睡着了。陆丹心看着她们俩熟睡的样子，自己却毫无睡意，她的脑海里，全是与马力有关的问题，一大堆，剪不断理还乱，纠结缠绕，愁绪满怀。

如果，从一开始就不曾认得，该有多好！

寂静之中，陆丹心心里想。

16 ///

陆丹心过得心神不宁。

整整一个早上,她没有任何学习的心思,听不进去老师讲授的任何东西。手机就放在课桌里,总是时不时地拿出来看看。心里似乎有种期盼,期望有人联系自己,她心里期望这个人是马力;却又害怕电话响起,同样害怕的那个人,还是马力。像屁股下面摆着一排隐形的绣花针,看不见,却时时刻刻刺激着她,让她坐立不安。整个早上就在这样的期盼与害怕的矛盾纠结中度过,因此过起来极为漫长。待快到下课,她心里又有些失望——他终究还是没联系自己。

午休的时候,懵懵懂懂听到电话响,起来翻看手机,却发现什么信息都没有,响的仅仅是室友的电话。醒醒睡睡中,她内心嘲笑自己，为何如此患得患失，明明是自己要人家不要打扰自己的，现在却又这样。可是转念一想，怎么可以这样，不让打扰，还真的就不理了，该死的马力。

到了快上课的时候，陆丹心就又不想去上课了。主要是不知道如何面对马力。他们之间发生的事情，现在想起来还脸红，当面看着了，可如何面对？

钟玲和杨菲菲一起把陆丹心从床上拖起来，陆丹心像个无神之主，到了教室。马力像没事一样，跟往常一样上课。陆丹心把头埋着，像害怕上阵的小兵，心里打起了鼓。第一节课讲授新内容，到了第二节课，就是与之前安排的作业相关，要一些同学上去介绍。马力说："既然大家来自五湖四海，就每个地区来个代表吧！"有的学生急于表现，主动上去，叽叽喳喳如百灵鸟，把自己的家乡吹得神乎其神。

等积极的同学都介绍完了，马力说："我们大家要向积极的同学学习，珍惜这种锻炼自己的机会，还有同学愿意主动上来吗？"在没得到同学们的回应后，说，"那我就直接点名了。"

马力点了陆丹心。天知道马力要干吗，是何用意。当他说"陆丹心，你上来说说你的家乡"的时候，陆丹心的脑袋轰地一下就炸开了。一来是没想到他会叫自己，二来是这时候让自己暴露在大家眼皮子底下，不就是让本来心中忐忑的自己更加不堪吗？但马力已经叫了，甚至鼓动大家鼓掌，陆丹心只好硬着头皮，低着头上了讲台。

这可不是正常的陆丹心。正常的陆丹心应该大大方方地跟大家打招呼，即便是没有任何准备，也能字正腔圆，不说华丽呈现，好歹也能自圆其说，留一个好印象。可这一刻的陆丹心像个灰溜溜的败将，站在讲台上一时不知道从何说起，之前写的作业里面的内容仿佛都长了翅膀飞得丁点不剩，这让她更加窘迫。好不容易憋出几句话，寥寥数句，就把家乡给介绍完了。仓皇下台的时候，看见马力站在教室的过道上，眼含温情地看着自己，那种温情，突然就抚慰了陆丹心惊慌的内心。

　　他说："陆丹心，没准备吗？"

　　"准备了。"陆丹心头也不抬地说。

　　"准备了还这样？下课留一下，跟我去办公室。"

　　马力是第二次这样对陆丹心，同样的语气，同样的方式。陆丹心还记得，上一次，就是那么尴尬地悄无声息地坐着。而这一次，他到底要干什么？

　　答案很快揭晓。即便在此之前的等待里，陆丹心猜想过很多。但她没想到，马力会在一进门的时候就把自己给抱住了。

　　"我想你，我想你，都快疯了。"他的话和他的唇几乎同时间抵达陆丹心。基本上，陆丹心是铆足了身上所有的劲，连扯带掐，才把马力推开的。那一刻办公室里很安静。门外的走道上，有人轻声走过。下午放学后，整栋大楼里呈现出一种诡异的静谧。窗户洞开，有风吹进来，不远处的教学楼里，教室中还三三两两坐着人。

　　"你到底要怎样？你当我是什么了？"陆丹心问他。

　　马力的脸上有一丝失望，他说："我想你！"

陆丹心说："你爱我吗？你想过我爱你吗？你想过我们之间的年龄差距吗？你想过我们在一起会有结果吗？"

"我——"马力被陆丹心的一连串问题问得说不出话来。

"你爱我吗？"陆丹心再次询问他。

"我希望和你在一起，可我不能对你说爱，我这个年纪的人，不适合说爱。如果你不愿意，我可以再也不打扰你。"他说起来是认真的样子，脸上有失落，也有悲伤。

陆丹心突然就没有了气，看着他的表情，心里就软了。

"你再看看你，窗户都不关，你有没有考虑我的感受，让人看到了我以后怎么做人？"陆丹心不知道自己怎么就说出了这样的话。当她说完的时候，发现马力脸上的失落和悲伤一扫而光，像个拿到糖的小孩，他转身飞快地把窗帘拉上。

"对不起，因为实在是忍不住了，想你，像火一样，烧着我……我感觉自己真的要疯了！"窗帘拉上后，办公室里暗了下来，淹没了他们想说的话。

人这一生到底都在追求什么？

可歌可泣的壮烈爱情？平淡真切的细微幸福？万人艳羡的成功事业？还是千回百转的传唱？

这一刻，让我去追求吧，不要任何既定的目标，只要这奋不顾身的一个起步，不管下一秒是熊熊烈火，还是温柔花田；是万丈悬崖，还是爱之天堂。让我记住这一刻的美，激烈，涌动，快感，痛，和无边无际的轻盈与飞舞。陆丹心心里想。

平息之后，他抱紧她："丹心，我们在一起吧！"

陆丹心身子瘫软，心跳极快，心脏快要跳出来了一样，气息如同海浪，说不出话来，只是轻轻地点了点头，"嗯"了一声，算是对他的应答。

任何人都不知道自己在生命的下一秒会做什么选择，也不会知道命运会在下一秒让你面临什么抉择。当我们真正做了选择的时候，才发现，在生命中过早地对未来的自己做预设是多么可笑的事情。因为下一秒，也许你会死去，会面临新的难题，会遇到新的人，这一切都不由你控制，上天在操纵着一切。比如，命运就在这个春天里，让陆丹心遭遇了大她二十多岁的马力，让她一跟头栽进去，从一开始就没有了还手之力，让她乖乖就范。

准确地说，跟马力在一起，陆丹心是快乐和幸福的。毕竟是年岁历练出来的男人，沉和、内敛、睿智，有着说不完的话题，总能在最需要的时候解决所需，能做一手好菜，懂得随时说出温暖的情话温暖心灵，有着与年龄极不相符的身材……

陆丹心在逐渐沦陷的过程中，反复告诫自己的是，不要与马力有任何金钱的纠葛。因为她知道，她爱这个男人；她也确信，这个男人爱自己。但这一切与钱无关，一旦扯上钱，他们之间的关系，本质上将会产生巨大的翻天覆地的变化。她不愿意那样。

她说："亲爱的，我只能做你的秘密爱人。你是老师，我是学生，我不想让别人知道我们的关系，我害怕别人的风言风语。"

他说："好！"

果然在任何公开场合，他们都中规中矩，像最普通的师生那样，但彼此的眼神是懂得的，一个小的动作，就知晓对方心里所想。陆丹心想，这一定就是爱情了，超越了年龄，不顾一切，彼此懂得。

　　陆丹心因此而忙起来，除了正常上课下课，还要和马力约会。他们约会的地方，多半是他的办公室和他的家。陆丹心不敢在其他地方和他相见，因为害怕在任何地方被认得的人看见。他同意她。每次他们都干柴烈火，奔赴一场场盛宴。

　　在激烈的冲击之后，她会享受他长久的拥抱，或者是一顿美食。享受这些细节时，有时候她甚至会有错觉，仿佛他不是一个四十多岁的男人，而是跟自己一样年轻的男孩，执着地为着自己好，深刻地相爱着。

　　一面要和他约会，一面又要瞒过室友，还要时刻注意被人发觉。有时候，陆丹心会莫名其妙地想，这样的关系，倒不像爱情，而是像情人，像地下党一样害怕被人发现，这和偷情又有什么区别？可是这样的想法很快就会烟消云散。当她想他的时候，一切犹豫和怀疑，都不见了踪影。

　　当钟玲满怀好奇地问道："丹心，最近你忙什么啊？这周你至少有三天是快熄灯时才回来的吧？还有哦，周末也不在寝室，你是不是谈男朋友了？谈男朋友了一定要和我说哦！"

　　陆丹心会换着理由把她搪塞过去。她心里清楚，与马力的事情，任何人都不能告诉，即便是和自己最好的钟玲，也不能透露半点风声。好在钟玲近来似乎也挺忙的，仅仅是偶尔问一问。

　　有时候，陆丹心会害怕，万一哪天和马力的事情公开了，她将如何面对周围的人？虽然不顾一切，实际上，谨小慎微，这一切的底线，都是不能让人知道。可世上没有不透风的墙，谁能知道，会不会有一天被人撞见？

　　这时候，马力会安慰她："没事的，以后我们少见面就行了。"那时候他们在一起一个多星期，彼此都耗费了身体里过多的精力。他说出来的话，正也是她想说的。陆丹心因此想，这真是有默契呀，连想法都一模一样。

　　钟玲和陆平和好了。消息是杨菲菲透露给陆丹心的。

　　那天陆丹心刚和马力说好以后少见面，以防万一被别人发现。回寝室的路上有些悲哀地想，这一场爱情，沦落到害怕公之于众，多么可悲可笑。正想着呢，杨菲菲就从后面跑来，敲了一下陆丹心的肩头。

　　"嗨，今天怎么这么早回寝室呀？"杨菲菲的身边，走着张天。张天是不善于言辞的人，虽然和杨菲菲在一起有段时间了，两人的关系也是突飞猛进，早就上升到了有空就一起出去约会夜不归宿的地步，但他和陆丹心、钟玲两人，都还没有好好说过几句话。

　　"今儿没事，就回寝室呀！嗨，帅哥，跟我们家菲菲约会呀？"这话对杨菲菲说，也对张天说。

　　张天立马有些不好意思，点了一下头。

杨菲菲凑近陆丹心，神秘地说："你知道吗？钟玲和陆平和好了。"

　　"真的假的哦？"陆丹心虽然反问了，但并没有表现出多么大的惊奇。钟玲的这个选择，早就在她的预料中。

　　"真的，我昨天晚上还看见他们俩牵着手在路上走，不过钟玲远远看到我就赶紧松开陆平的手了。我看她的反应，知道她不想让我们知道，就干脆假装什么都没看见。"杨菲菲得意地说。

　　心里预料到钟玲会和陆平和好，但没想到这么快。陆丹心想，难怪最近钟玲没有每天缠着自己，原来如此。唉，也许对于钟玲来说，只有和陆平在一起，才会感到快乐吧。

　　爱情就是这么奇怪的东西，它会让人幸福，却又会让人痛苦不堪；让人虎口脱险，却又奋不顾身再一次飞蛾扑火。

　　在路口和杨菲菲分开，看着她挽着张天的手走远，夕阳下他们的背影多么和谐美好。陆丹心突然感觉到自己的悲哀和渺小，同样是恋爱，钟玲的奋不顾身是不计后果的，恨不得天下人都知道；而杨菲菲呢，曾经对校园爱情不屑一顾，如今循规蹈矩谈着最普通的校园恋爱，和自己喜欢的男孩，小心翼翼地经营着。再看看自己，明明谈着恋爱，却时时刻刻都在担心被人知道，像做贼一样，装作一副老娘单身万岁的模样。

　　晚上，钟玲回到寝室，看到陆丹心在寝室，放下手里的东西，拿出小吃分给陆丹心。她状态看起来不错，爱情让她又恢复到美好如初的模样。

"钟玲，你想好了？"陆丹心假装漫不经心地问她。

钟玲愣了一下，假装没听懂陆丹心的话："什么？"

"你跟陆平。"陆丹心说，"亲爱的，别瞒了，你这个样子，谁都看得出来怎么了。我们反对你跟他在一起，是害怕你又被伤害，不过我们都无权干涉你的决定，你说是不是？"

钟玲放下手中的事情，顿了一下，说："我想好了，我爱他。离开他的日子，我很痛苦，虽然看起来我挺好的，可是只有我自己知道，我时时刻刻都在想他，我很煎熬，只有回到他身边，我才会感到快乐。"

她说得很认真，每一句话，都很用力。陆丹心明白她为这份爱所付出的心力，想要说些话再劝劝，终究说不出来，只是说："亲爱的，想好就行，请你一定要好好善待自己。"

请你一定要好好善待自己。这句话，是对钟玲说的，其实陆丹心也是说给自己的。

是的呀，人世漫漫，情海坎坷，每一个人，都要好好地善待自己！

17 ///

陈桥出现的时候，陆丹心刚和马力经历了一场疯狂的巫山云雨。这个十多岁的少年的出现，把她吓得不轻。

那天陆丹心下课后走在回寝室的路上，收到马力的短信，问陆丹心想不想吃他做的好吃的，陆丹心回复说当然想啊，他说我更想吃你。看着短信的时候，陆丹心突然面红耳赤，好像被人窥见秘密一样，浑身一震鸡皮疙瘩。

钟玲好奇地问陆丹心："你干吗了？脸红得跟猴屁股似的。"陆丹心说："热的呀。"嘴上这么说，心里心花怒放地想着去找马力。马力过了一会儿发短信说："我在家等你。"

于是陆丹心进了寝室丢下东西，换了裙子喷了香水就出门了，她对钟玲解释说有朋友过来了，出去聚一下。从教学区到家属区短短的一段路程，陆丹心走得急匆匆的，恨不得马上就飞奔进马力的怀抱。

事实上，他们半个小时前，还在路上短短见了一面。那时候刚刚下课，陆丹心和钟玲出了教学楼去小吃区交话费，路上遇到了马力。马力一边和她们俩打招呼，一边双眼放光地盯着陆丹心。

在吃美食之前，他们先品尝对方。完事后，马力在陆丹心的脸蛋上亲了一下，说："亲爱的，你休息一下，我去买菜，给你做好吃的。"陆丹心说："你竟然还没买菜就以好吃的欺骗我来，你个老骗子。"马力一脸奸笑地出了门。

陆丹心穿上衣服，却没有打理自己，而是任由头发松垮垮地耷拉着，坐在客厅看电视等马力回来。一会儿敲门声想起，陆丹心以为是马力回来了，想给他一个大大的拥抱，就蹦跳着冲向门去，因为动作大，她的肩上裙子一边的带子已经滑了下来。

说时迟那时快，门开了，陆丹心那个热烈又奔放的动作在一双看来稚嫩的眼睛中倒映出来，极为夸张。

"啊——"

陆丹心惊叫出来，赶紧收住一切动作。"你是？"

对方也惊了一下。"我爸呢？"眼前的是个十六七岁样子的男孩，剪着板寸，脸上还有几颗亮汪汪的青春痘，看着陆丹心露出莫名其妙的表情，追问道："你是谁？你为什么在我家里？"

"我——"

陆丹心词穷得说不出话来。要怎么解释呢？

正好这时候马力也回来了，手里提着装着菜的袋子，看到此情此景也愣了一下，立马说："儿子，你怎么回来了？哦哦，这是我学生，今天来我这里搞论文的，这不我还没吃饭嘛，就先去买点菜，你怎么回来了？"

男孩走进屋里，放下书包："我就不能回来了啊？前不久我回来把球放家里了，今天我回来拿，买个新的很花钱。"他说着走进了自己的房间。

陆丹心惊魂未定，赶紧把自己的衣装整理好。"这是你儿子？"她问马力。

"对啊，陈桥，真搞不懂，今天回来干吗。"

"陈桥？"

"对，随他妈姓，好久没回来了，都是我去看他，真是奇了怪了。"

房间里传来陈桥的声音。"爸，看见我球了没？是不是在你房间啊？"

"没看见，你再找找。"

房间里很快响起了球拍在地上的声音，陈桥拿着一个篮球走了出来，看了陆丹心一眼，说："爸，你这个学生叫什么名字啊？"

马力说："一点礼貌都没，叫姐姐。"

陈桥就脆生生地叫了一声"姐"。

陆丹心感到尴尬无比，她从来没想到会在这样的情况下在这个房间撞见第三个人，她恨不得马上就离开这里，越快越好。她拿起包，说："马老师，看您挺忙的，您儿子难得回来，我今天就不打扰您了，论文的事，下次再登门拜访，打扰您啦！"她说得客客气气，以更好地掩盖自己的窘迫，也掩盖自己和马力的关系。

马力脸上写着不愿意，嘴上却说："也行，那就下次吧，你再琢磨琢磨打理打理后，再给我看。"

陆丹心尽量以最正常的状态，告别了马力父子。下了楼，时间尚早，陆丹心心里好乱，就放慢了脚步，顺着家属区小路往回走。突然后面传来脚步声，陈桥跟了上来，说："姐姐，你等一下，给你的，我今天回家的路上买的，你吃吧，看你样子好像饿了。"说着递过来一个袋子，里面有两块烤面包。

陆丹心不想接，但陈桥却伸着手不收回去，陆丹心只好接了，说："谢谢你。"

"我叫陈桥。"他说。

陆丹心顿了一下，说："谢谢，姐姐得走了。"她看到他眼里的光，有别于一般人，羞涩，却也放肆，她隐隐约约感觉到了什么。

"陆丹心、陆丹心……"

返回寝室的路上，路过小树林的时候，有人喊陆丹心，是结伴出去玩的女同学，相互挽着手走在路上，大声叫着陆丹心的名字，却把陆丹心吓了一跳。那一路上她都心神不宁，好像被人窥见内心最深的秘密一样，如同惊弓之鸟。

"啊？"她抬眼看着同学，不知道怎么办。

"你怎么啦，陆丹心？失魂落魄的，你魂儿丢啦？"同学们取笑她。

好像被曝光在阳光下的小偷一样，她感到害怕，含糊地应答着同学们。

黄昏时分，人流汹涌，像流水奔往远方，而她是逆流之鱼，无所适从地走在返回的路上。往外簇拥而去的人们，正在这个黄昏中露出各异的神色，说着各种话题，把这世间能调侃的物事，玩弄在舌嘴之间。

陆丹心感觉到饿了。这一路走来，她心思紊乱，竟没有感觉到饿。当她在路上闻到路边饭店飘出的菜香时，饥饿就像调皮的伺机而动的小鬼，很快就占领了她。

陆丹心给钟玲打电话。钟玲惊讶地问她："不是去陪朋友吗？怎么没吃饭？"陆丹心说："你快出来吧，来了再说。"钟玲略有迟疑，答应了。和钟玲一起来的，还有陆平。有些时间没见到陆平了，这段时间不长不短，这期间钟玲和陆平分手又和好。陆丹心不喜欢陆平，一直不喜欢，这个三十多岁的博士后老师，依旧是邋遢的样子，当他牵着钟玲的手走向自己的时候，陆丹心很快就想到了那句话：一朵鲜花插在牛粪上。钟玲是那开得美丽娇艳的鲜花，陆平无疑就是那堆不起眼的甚至丑陋的牛粪了。他俩走在路上的时候，陆丹心觉得钟玲是有光的，而陆平呢，像个糟老头。

"嘿，丹心，你好神奇，出去陪朋友，反倒落得孤家寡人一个，怎么回事呀？"看到陆丹心表情不好，钟玲赶紧关切地问道，"亲爱的，怎么啦，一脸委屈，谁欺负你了？"

　　陆丹心赶紧说："哪有呀，没有的啦！我朋友突然有急事，来不及吃饭就赶回去了，所以我只好找你陪我吃饭啦。怎样，大小姐，没打扰你们俩吧？"陆丹心问的时候，也看了一眼一边一言不发的陆平。

　　"看你说的，什么呀，怎么会打扰呢？走啦，我们吃饭去。"

　　陆平一直不说话，只是默默地跟在身后。他们穿过拥挤的人流去小吃街，找到一家做家常小菜的菜馆。因为此时正是晚餐高峰期，店里人多，他们寻了个位置坐下，点菜后开始等上菜。

　　等菜的过程有些漫长，漫长到陆丹心都忍不住催了店家几次，店家也没办法，只是面露难色，说："姑娘，实在不好意思，这个点去哪里都这样，我们会尽快的。"倒是钟玲沉得住气，她和陆平坐在陆丹心的对面，紧紧靠在一起，即便是坐下来了，牵着的手也没松开。他们时而搭陆丹心一句话，大多时候两人眉来眼去，必要时还动手推拉揉捏，好不甜蜜。这情景看得陆丹心心里很不是滋味，一方面是因为不喜欢陆平，另一方面则是出于羡慕忌妒。同样是谈恋爱，人家就可以在这阳光下无所顾忌；而自己呢，只能在灰暗的房间中像地下党一样。这让她心酸，内心悲戚。

　　看得出，陆平同样不屑于与陆丹心说话。整个过程中，他和陆丹心都没有一句言语交流。倒是钟玲会有事没事找陆丹心说话，陆丹心心事重重，所以也没多少说话的欲望。一顿晚饭吃得有些尴尬，所以草草收场。

在分开的时候，钟玲问陆丹心："亲爱的，你到底怎么了？你看你，心事都写脸上了，我回去陪你吧！"

陆丹心拒绝了她："算啦，没事的，我先回去休息，你们该约会就约会去吧，我可不想当耽搁你们约会的大罪人。"

正说着话呢，陆丹心的电话响了。她一看是马力打来的，赶紧告别钟玲和陆平，转身走了些距离，才接通马力的来电。

马力在电话那头说："亲爱的，我们去吃东西吧！"

陆丹心心里的委屈一下子就汹涌澎湃起来，心里想，你现在才想起来啊，嘴上说："不用了。"

马力说："今天真不知道我儿子会突然回来，我知道你很不开心，现在他回去了，只剩下我了，要么你来我做给你吃，要么我们去外面吃，附近熟人多，我们可以去清溪街上，可以吗？"

陆丹心哪有什么心情去找他，这一天的好心情，都在陈桥出现的那一刻烟消云散了。陈桥推门进来那一刻惊愕的表情，还不断闪现在陆丹心眼帘里。那一刻的自己多么像个慌张的被发现做错事的小孩呀！

"算了，不去了，我已经吃了，我想回寝室去，今天很累，想早点休息。"陆丹心告诉马力，"心里很烦，求你别烦我。"

马力又是道歉又是安慰地说了些话，叮嘱陆丹心回去早点休息，说自己弄点吃的。陆丹心挂了电话，百无聊赖，虽给马力说要早点回去，但其实她并不想回寝室去，心里烦，其实很想有个人在身边陪自己说说话，逗自己开心。

她突然就想起李良，是有些时间没有联系了。黑名单里的李良，比任何时候都要安分守己。陆丹心在路边树林里草地上找个地方坐下，鬼使神差地打开手机安全中心的骚扰拦截，果然发现李良打来的好几个电话还有短信都被拦截了。陆丹心一条一条看着，默默地在草地上坐着。

想来和李良在一起的时光，是快乐的。抛开李良对自己的伤害不说，那些一起度过的光阴，张扬而大胆地爱着的小日子，真的是美好而幸福的。那时候，只要一条短信，李良就会飞奔来到自己的身边，鞍前马后，温柔体贴。

可时间终究开了这么大一个玩笑，一段旁人看来美好的爱情，竟然以李良的背叛收场。陆丹心自问，还恨李良吗？答案是否定的，尤其是有了马力后，她一度忘记有李良这个人。要不是独自失魂落魄走在路上，也许真的不会想起这个人。

天色暗下来的时候，陆丹心终于颤抖着双手，点了一下"不再拦截该号码讯息"，然后在短信箱里找到了李良的短信，在输入框里输入一行字："李良，你在哪里？我心情不好。"想了想，又删除了，换成："你在干什么呢？"发出去后，陆丹心却又后悔了，心想自己真是神经病，都分手了，还这样。只可惜短信已经发出去了，没辙，陆丹心把电话放在包里，躺倒在草地上，闭上眼睛。

李良短信说："我什么都没做，你电话怎么打不通？"
陆丹心看了一下拦截里，果然有李良刚打来的两个电话。她
说："我在广场边上的草地上，一个人。"陆丹心看看时间，
心里盘算着，再过十分钟，就起身回寝室。

李良很快就来了，有些好奇地问陆丹心："你终于肯主
动联系我了。"陆丹心半坐起来，没说话。

"你怎么了？"李良问。

"你小女朋友呢？"陆丹心反问。

"分了。"

"骗我的吧，老实交代，我又不吃醋。你这样的人，我
现在看都看不上。"

"真的分了。"

"谁信呀？"

"我骗你干吗？"

陆丹心沉默了一下，说："李良，我们喝酒去吧！"

在一起的时候，李良是从不让陆丹心喝酒的。这一次，
李良依然不允许，说："喝什么酒啊？你怎么了？"

"没怎么啊，就是想喝酒了。"陆丹心说，"你陪不陪
我喝酒？"

李良说："不行，陪你干吗都行，但不能喝酒。"

陆丹心使着性子，起身说："那算了，我回寝室了。"

李良见状，拉住陆丹心说："好好好，我陪你喝。"

KTV里，虽然包房不算大，但因为仅有陆丹心和李良两
个人，还是显得空了，即便音乐声回响不断，还是显得冷冷

清清的。

整个过程中，陆丹心只是不断地喝酒，不断地鬼哭狼嚎地唱歌，任李良怎么问，都不说话。李良哀求说："丹心，你倒是告诉我发生了什么事情呀，你这样让我好担心。"

陆丹心醉醺醺说："没事，你个王八蛋李良，老娘用不着你担心！你今天的任务就是喝酒唱歌，老娘请你！"

李良附在陆丹心耳边大声说："你喝醉了，请什么请，钱是我付的。"

陆丹心哈哈大笑，笑得身子颤抖起来，说："李良，你他妈真抠啊，来，我给你钱。"说着要去拿钱包。

李良赶紧将她压回包房的沙发上去，说："别闹行不行？好好唱歌，少喝点酒。"

陆丹心昂着头看李良，酒精让她迷失自己，眼睛里的这个人，像会变脸一样，一会儿是李良，一会儿又好像是马力……

一定是疯了。陆丹心醒来，脑海里冒出来的第一个念头，是逃离。

那是个不大的房间，灯光柔和，家具少而整洁，电视机、饮水机、垂地窗帘、两个床头柜、一个立地的晾衣架，墙壁上贴满暧昧的壁纸，赤裸的李良躺在身边，散落一地的裙子、高跟鞋、内衣、内裤……而自己，同样也全身赤裸，一丝不挂。

剧烈的头痛让陆丹心瞬间清醒过来，心中懊恼不堪，烦躁地抓着自己的头皮。天呐，这是干什么。陆丹心轻轻起身，害怕惊醒一旁的李良，小心翼翼地拾起地上的衣服，蹑手蹑脚地走进洗手间。在镜子里，陆丹心看到自己一脸潮红，赤裸的身体上，有微微泛红的抓痕。

眼下一切不言而喻。

陆丹心使劲回忆过去几个小时里的事情，喧闹的音乐，不断打开的啤酒，颠倒错乱的建筑物，急促的喘息，热烈的拥吻与爱抚，相互撕扯衣服于大床上……

天呐，怎么会这样？

陆丹心定了定神，迅速穿好衣服，稍微整理一下头发，再蹑手蹑脚地出了洗手间。李良睡着正熟，陆丹心轻轻打开门，松了口气。下楼，收银台后面探出一个中年妇女的脑袋，睡眼迷离地看了陆丹心一眼，好像瞬间能洞穿陆丹心的内心一样，又一言不发地收了回去。

出了旅馆，陆丹心才发现是在小吃街尾的一家小旅馆。看看表，子夜两点多，陆丹心快步往前走。小吃街的烧烤摊儿还有不少人围坐，吃烧烤喝啤酒，大声划拳，说脏话，彼此调侃。出了小吃街，夜一下子就寂静下来，深夜的校园，空无一人，陆丹心的脚步更快了。

走过长而幽静的大道，路过夜深宽阔的广场，突然一男一女的身影在不远处幽灵一样地移动着。男人搂着女人的腰，那女人发出阵阵浪荡的笑声。奇怪的是，那笑声很是熟悉。陆丹心揉揉太阳穴，继续往前走。前面的一男一女很快就进了路边的一辆小轿车，陆丹心竟然鬼使神差地在离车数米的地方停了下来。

"老公，想不想我？"

"想，想死了。"

"想哪里呀？"

"哪里都想，这里，这里，这里，都想。"

"哎呀，坏死了。"

……

对话中，女声实在是太熟悉了。陆丹心猛地清醒过来的样子，使劲地掐了自己一把，心说，想什么呢？快步离开了。

这个点回寝室，自然免不了和宿舍阿姨的一阵求情。先是不断敲打铁门，然后跟满脸不快的宿舍阿姨各种求情，编造各种理由。宿舍阿姨边打开铁门边说："别装了，一身酒气，还什么朋友生病，有你这样的朋友，得少活多少岁啊！"

陆丹心赶紧道谢，表态下次再也不会了。宿舍阿姨语重心长地说："不是阿姨说你，你们这些年轻人啊，这个时候还在外面玩，多危险啊，以后别这样了。"

陆丹心点头哈腰地答应着，逃似的走了。回到寝室，陆丹心害怕吵醒钟玲和杨菲菲，摸索着在洗手间洗了把脸，躺在了床上。

"我以为是杨菲菲，原来是你，今晚真神奇，你们俩都约好似的。"钟玲在黑暗中说。

"不好意思，吵醒你了，你说杨菲菲也出去了，还没回来？"陆丹心心怀歉意和好奇地说。

"是啊，快十点的时候，说有点事，出去了就一直没回来。你呢，你是干吗去了？"

陆丹心脑海里闪出在路上那一男一女的身影。"哦，我朋友后来又赶回来了，只好陪他玩了，去唱歌，还喝酒，所以就晚了。"

陆丹心再一次头痛欲裂地醒来。钟玲在床上哼着歌。

"几点啦？"陆丹心问钟玲。

"八点三十几分，你还可以睡会儿，今早只有两节课，你可以睡到九点半再起床。"

陆丹心打开手机，有短信，来自李良，问她："哪里去了？醒来没看到你，担心。"

看着李良的短信，陆丹心心里懊悔不已。她心里骂自己：陆丹心啊陆丹心，你是有多贱，没事招惹人家干吗？想到昨夜和李良的疯狂事，陆丹心更后悔了，恨不得时光倒流，回到昨天去，那样她即便再无聊再想找人说话，也坚决不会找李良。可，时间不可能倒流。陆丹心把头埋在被子里好一会儿，才打开手机回复李良。

"我昨晚就走了，你喝多了，我把你送到旅馆就走了，昨天是个意外，我不想打扰你的，请你原谅我，以后我不会再这样了，你也不要再给你发信息了，好好跟你女朋友在一起吧！"陆丹心费了好一会儿，写了删，删了写，反复斟酌了很久，才发了出去。

"你骗我，丹心，我清楚地记得昨晚上发生的事情。我爱你，我真的和她分了，我现在是单身，我想和你和好。"李良神速地回复过来。

陆丹心一时不知所措，好像被李良扒了自己虚伪的皮一样，一时不知如何应对。想了想，陆丹心还是决定摊牌，回复道："李良，真的对不起，我们不可能和好的，昨晚的事情真的是个意外，我们都忘了好吗？你会有更好的人爱你，而我已经有了自己的爱人。昨晚上真的真的对不起，是我的错，我不该打扰你的。"

"你有了男朋友了？谁呀？你骗我，有你为什么昨晚还跟我一起？你骗我。"李良说。

"没有骗你，真的，已经在一起一段时间了，昨晚上真的是喝醉了，酒醉后的事情，让我们都忘了好吗？"陆丹心手指颤抖，心里充满了莫名的火焰，随时都有爆发燃烧的感觉。她使劲敲打着手机键盘，气息也随之变大变重起来。她说："我不会再回复你了，把你拉黑，以后都不要联系。"

发出短信后，陆丹心呆呆地看着天花板。蒙了一层灰的寝室天花板，枯燥无味地呈现在眼帘里，看起来死板，沉重。

"妈的。"陆丹心喃喃地破口而出。

"你怎么了？"钟玲问。

"哦，没事。"陆丹心说，"头痛很，烦躁呀，不小心就乱来这么一句了。"

到底自己在骂谁呢？陆丹心自己也说不清楚，骂马力，骂李良吗？更像是骂自己，骂自己没事找事，骂自己酒醉情迷。

那天杨菲菲是在快上课的时候回来的，一脸疲惫的样子。看到陆丹心和钟玲都盯着自己看，她低着头拢了拢头发，说："昨晚太晚了，就没回来。"

陆丹心又想起昨晚上回寝室路上半醉半醒时看到的情景，以及车里传出的那些话。她若有所思地想，难道……

啊，不可能的，一定是酒精麻醉，胡思乱想了。

陈桥说："姐姐，你好漂亮。"

短信里的字像会动一样，即便关了手机，那些字也不断萦绕在陆丹心的脑海里。

陆丹心想起第一次看到陈桥时的情景，瞬间不自在起来，好像这个长着青春痘的男生，正站在面前。好像他早就洞悉了自己的窘迫。

按照陈桥的说法，他是向他爸爸马力要的电话号码。他说："姐姐，我有些事情请教你。"只是些简单的数学题，陆丹心高中的时候，数学还不错，勉强帮他解决了。

隔天他又发来信息，问可不可以打电话，电话打过来，又与陆丹心探讨历史题目。才几天时间，陈桥把自己所有的科目都和陆丹心谈了一遍。

　　陈桥总是有事没事地和陆丹心聊天，接连发了两三条，陆丹心也不好不回复，就这么有一搭没一搭地聊着，除了谈论学习，陈桥也谈论自己的心事，成长中的迷茫，并打探各种大学的生活。

　　再一次遇见的时候，陆丹心觉得自己真的需要挖个地洞钻进去了。是几天后的周末，马力在厨房忙碌，陆丹心脱了鞋子盘腿坐在沙发上看电视、吃水果，陈桥自己开门进来，看着陆丹心毫无拘束地坐在自家沙发上，愣了一下。

　　陆丹心也慌了，赶紧放下脚，尴尬地笑着端正坐姿，"额，那个，回家来啦？"

　　陈桥也笑了，笑容青涩，说："嗯，姐姐又来弄论文吗？"

　　陆丹心说："是啊是啊。"

　　这时候马力就端着一盘菜走出厨房，看到儿子陈桥也愣住了，他也没想到陈桥会回来，说道："那个，你咋又回来了？"

　　"爸，我周末回家，有什么奇怪的啊？"陈桥说着走进自己的房间。

　　马力说："你以前不是挺不愿意回家的吗？"马力放下菜，冲陆丹心摊摊手，表示自己也不知道陈桥会突然回来。

　　陈桥换了鞋子，大大咧咧地走出来，说："爸，还有多久，我好饿呀，嘿，难得见你自己做吃的啊！以前我回来都是带我出去将就，或者直接叫我吃泡面，老爸最近是不是脑子烧坏了？"

马力有些尴尬地说："老子周末这不难得有空，就练练手吗！"

陆丹心想走。陈桥一回来，马力家里的气氛瞬间尴尬无比，这让她不自在。她站起来，说："马老师，那个，我还有些事情，先走了。"

马力貌似象征性地说："不急不急，饭都快做好了，吃了饭再走吧。"

陆丹心说："不用了，我也不饿，谢谢您的好意。"

陈桥却跑过来，说："姐姐，吃了饭再走吧。"

马力只好说："你看，我儿子都留你了，这孩子难得回来一趟，也难得对我的客人这么热情客气，就吃了饭再走吧，反正也耽搁不了多久。"

陆丹心推辞不过，只好留下来。那顿饭让陆丹心吃得麻木尴尬，味同嚼蜡。

陈桥一个劲地往陆丹心碗里夹菜，边说："姐姐，多吃点，我爸做的菜好吃，不过我住校后，都难得吃到，回家他总是忙啊忙啊，不管我。"

马力和陆丹心都是尴尬地一笑。看着儿子陈桥这样对陆丹心，马力的脸上闪过一丝不高兴的情绪，喊了一声："陈桥！"

陈桥识趣地不说话了。

饭后陈桥自告奋勇送陆丹心。"反正饭后也要散散步。"他说。

这个读高中的男生，年龄虽然小陆丹心很多，但个头已经超过了陆丹心，走在陆丹心身边，完全像个大人模样，过马路的时候伸出一只手示意车辆慢行，要陆丹心小心。他的手甚至触碰到陆丹心柔软的腰部，那一瞬间烫烫的手让陆丹心感觉到了温度，像亲热的情人一同过马路。这种情形，连他的爸爸马力都不曾有过。

"姐姐走慢点好吗？"陈桥说。他像是在祈求，眼神中有渴望。"我送你回寝室，你也陪我散散步吧！"

"好呀！"陆丹心定神说，"这学校，也没啥可看的，我领你随便看看。"天快黑下来了，但时间尚早，陆丹心也不好一口拒绝，不好直截了当地将他的热情浇灭。

陈桥说："我从小就在这里长大，对学校里的一切都了如指掌，但是这样散步还是第一次，特别之处仅仅是因为，姐姐你很漂亮。"他说话的时候，眉宇间充满了幻想。"要是在我的学校里，我们这样走着，一定会被人羡慕死。"

"呵呵，是吗？"陆丹心不知如何应答。

"是啊，像姐姐你这么漂亮的人，多能吸引人的目光呀！要是能和你这样的美女谈恋爱，那得多让人羡慕忌妒恨哦。"陈桥边走边说。

"唉，现在你们这些小孩，到底都在想什么呀？"陆丹心俏皮地说，像在和自己没长大的弟弟说话一样。

陈桥突然止住脚步，一本正经地看着陆丹心说："姐姐，我不是小孩子了，我……我……"

"你什么你啊？你就是个小孩子！"陆丹心针锋相对地说。

"我不是小孩子。"陈桥提高音量，引得路上的人纷纷侧目。

"好好好，不是小孩。"陆丹心见人们都在看着自己和陈桥，赶紧说，"不用嚷，不是小孩就不是小孩嘛。"

陈桥很是兴奋，一路上给陆丹心讲着自己小时候在这个学校里玩耍的事情，无非是小时候在哪里摘过桃子，又在哪里摔过跤之类的陈年旧事，听得陆丹心索然无味。

这个过程中，马力来电话，被陆丹心挂断了。当着他儿子的面与他通话，陆丹心做不来。

马力短信随之而来："亲爱的，你在干吗？怎么不接我电话啊？"

陆丹心回复道："正在校园里漫步，听你儿子说他小时候的故事呢！"

马力说："那个臭小子，你赶紧回寝室去吧，让他给我赶紧回来学习。"

陆丹心打趣说："你老人家不是在吃你儿子的醋吧？酸味这么重。"

马力说："就吃醋了，不行啊？"

陆丹心说："好好好，我这就打发他回去。"

陈桥在旁边看陆丹心低头弄手机，说："姐姐，你有事忙吗？"

陆丹心说："嗯，确实有点事，要不，你快回去吧，免得你爸爸担心，我也要回寝室了。"

陈桥不开心地说："好吧，那我们在前面路口分开。"

陆丹心看得出来，这个男生脸上写满了不舍，她自己也知道，他对自己有依赖。从这些天里，有事没事找自己聊天，就知道了。要是换作别人，换作平时，她心里兴许会开心的，哪个女孩子不希望有人喜欢呀？即便自己有了对象，即便已经生儿育女，谁都希望自己能得到他人的关注，那是对自己魅力的一种承认。可问题是，眼前的这个还没长大的小男生，不是别人，而是马力的儿子。这让她感到非常非常不自在，恨不得早一点把陈桥支走。

"那，就到这里吧，你赶紧回去，我回寝室。"在路口，陆丹心对陈桥说。

陈桥看了陆丹心一眼，脸羞红地说："姐姐，你是忙着去约会吗？"

陆丹心尴尬地强笑道："是呀，姐姐的男朋友在等姐姐呢，所以姐姐得走啦！"

陈桥脸上写满了失落，不高兴地哦了一声，走了。

陆丹心叹了口气，边走边给马力打电话。

她说："老人家，你儿子走了，我现在在回寝室的路上。"

"亲爱的小宝贝，嘿嘿，我好想你。"

"想什么想，我是怕了你儿子了！已经是第二次了，幸好没被他撞上，撞上了就丢人丢大了。"

"这个臭小子，也不知道发什么神经，来得这么勤。没事，我们约会的地方还可以很多的。我想你！"

"你个老色狼。"

"亲爱的小宝贝，要不我们约会吧。"

"怎么约？在你家，当着你儿子？"

"我们可以出去啊，再或者，回办公室加个班？嘿嘿。"

"算了，没心情，我回去休息了。"

"这，大小姐，不会生气了吧？"

"没有，就是心情不好，别搭理我。我回去了，再说明天我有兼职呢，不想太累。"

"你不陪我，不怕我去找别人呀？"

"那就去找吧，不稀罕。"

刚挂了电话，陆丹心又心神不宁，给马力发短信："老人家，刚才你是开玩笑的吧？"

马力回复道："逗你玩呢，我都这把年纪了。"

回到寝室，杨菲菲就起哄起来，大声说："哎哟喂，陆丹心，你怎么钓上那么个小男生的？你看走在路上，有说有笑的，什么时候开始的啊？"

陆丹心一时没反应过来，说："杨菲菲，你吃错药了吧！"

钟玲正在试衣服，也停下来凑热闹："丹心，怎么回事哦？你谈恋爱了？"

陆丹心摊摊手，表示不清楚情况。

　　杨菲菲说："别装啦，我都看到了，你领着个小男生，十七八岁的样子，风华正茂，还一脸的小痘痘呀，你们从大食堂门口往足球场方向走，脸上那个春光荡漾的微笑呀，怎么说呢？就跟咱们钟玲刚跟陆平在一起那时候每天脸上的笑一样，风骚无比呀！哈哈，老老实实招来吧！"

　　钟玲说："关我什么事啊？"

　　陆丹心恍然大悟，说："我还以为说什么呢，那不是啦，那是马，马什么你们也不知道，只是我朋友的弟弟。这不马上高考了嘛，高考之前，来大学走走，感受一下，为自己打打气，我这个当姐姐的，只好当免费导游啦！"

　　陆丹心差点说出马力的名字，幸好脑子运转得快，瞒天过海地撒了个谎。

　　"还姐姐哦，是情姐姐吧！"杨菲菲不依不饶地说。

　　陆丹心不打算跟她纠缠，就说："好好好，是又怎么样？就是我刚钓的小男生，怎么？羡慕忌妒恨呀？好多女大学生可以和几十岁的老头睡觉，我二十多岁的妙龄少女还不能勾搭一下十七八岁的小男生，老牛吃嫩草地尝尝鲜呀？哈哈——"

　　陆丹心这个放肆的笑很快就僵住了。因为她看到钟玲原本笑着的表情一下子阴沉下来了。她知道戳到了钟玲的软肋，赶紧说："亲爱的，我胡说八道的，开玩笑呢，别乱想啊。"

　　钟玲淡淡地说："没事啊，呵呵。"说着转身弄衣服去了，看来是要准备出门的样子，她背对着陆丹心和杨菲菲，没再说话。

陆丹心心里一阵难受，事实上，自己的那些话，也戳到了自己，钟玲和杨菲菲都不知道她和马力的事情。她心里想，要是有一天她们都知道了，会怎么想呢？会不会也会看不起我，觉得我是别有用心呢？

陆丹心没留意到，当她放肆地说着那句话，放肆地大声笑着的时候，杨菲菲的表情也一下子僵住了，脸上闪过一丝的难堪。

这个变化实在太快了，陆丹心没有发现。或许也可以解释为，相对来说，陆丹心更关心钟玲，所以没有留心杨菲菲脸上的变化。

寝室里因为陆丹心的一句话，突然就安静下来。陆丹心懊悔自己的胡言乱语，心里愧疚地走到钟玲身边。

"亲爱的，要出门吗？"陆丹心尽量装着没事的样子问钟玲。

钟玲拿着一套裙子在自己镜子面前比画，点了点头，"嗯"了一声。

"对不起嘛！我不是故意的。"陆丹心道歉说。

钟玲笑着说："好啦，没事的，你想多啦，知道你不是针对我的。"

钟玲笑是笑了，可陆丹心分明看得出来，她非常不开心，但又不知道应该说什么，只好伸手去帮忙，说："来，换上这个试试。"

19 ⁄⁄⁄

生活看来一如平常，波澜不惊。但对于每个人来说，都有属于自己的曲折婉转，水深火热，触目惊心。

钟玲基本上是哭着回到寝室的。很晚的时候，寝室楼快要熄灯了，周末的宿舍楼熄灯时间要比平时晚一个小时，钟玲好像踩着时间点赶回来一样。在此之前的几个小时里，寝室里只剩下陆丹心一个人。寂静让她陷入沉思，关于李良，关于马力，甚至想到了幼稚的陈桥……

钟玲和杨菲菲是一起出门的，她们都是去约会，钟玲跟陆平，杨菲菲跟张天。出门的时候，都是欢天喜地的样子，看着她们的样子，陆丹心突然好想有一天也可以这样，光明正大地穿上自己最好看的衣服，把自己打扮得美美的，让每一个熟识的路人都知道自己的行踪。在所有公开的场合，都可以放肆地挽着另一半的手，任由他拥抱亲吻，不顾一切人的眼光。

可是，当前的一切，都不可能。选择了马力，就注定不能够像常人相爱的那样。

如若这样下去，会有什么结果呢？陆丹心问自己。结果是渺茫的，如同漫长而曲折的路，终究不知道终点在哪里。

杨菲菲哼着歌回来，满面春风的样子，是爱情将她滋养得如此春风得意。陆丹心调侃她脖子上的吻痕，吻痕在她们之间被广泛地称为草莓。红红的，大小也跟草莓差不多，看着就让人想入非非。杨菲菲不但不害臊，反倒大大方方地展现给陆丹心看，好像凯旋的战士炫耀自己的战利品。她说："怎么，羡慕忌妒恨吧，不如你也赶紧去找个，一晚上全身都给你种满红彤彤的草莓。"

两人正吵闹着，熄灯铃响了。杨菲菲突然说："快熄灯了，我还没来得及洗漱呢？"说着走进了洗手间。边走边说："这个钟玲，今晚怕是不回来了吧！"

正说着呢，传来门锁转动的声音，随后钟玲打开门走了进来，一脸湿红。看到陆丹心和杨菲菲，钟玲像突然找到了依靠似的，哇地哭出声来，吓得杨菲菲都忘记了自己要去洗漱。

原来，该死的陆平又和钟玲吵架了。这一次更过分，要跟钟玲分手。他是钟玲的全部呀，也难怪钟玲这样，进门就放声大哭了。陆丹心和杨菲菲好一阵劝，才把她劝好。熄灯了，零点后的寝室里，就只听见钟玲含含糊糊地喊着陆平的名字，陆丹心和杨菲菲与她说话，她也不理会，好像根本听不到别人说话一样。那一夜睡睡醒醒，耳边都是钟玲的声音，陆丹心知道她是在说梦话，却无能为力。

第二天，周日。陆丹心被电话叫醒，是手机设置的提醒，因为这一天下午有兼职，为了不忘记，所以就设置了提醒。早上快十点的样子，窗外已经阳光明媚。陆丹心看见钟玲盘腿坐在床上，一言不发，背对着自己，看不着她的表情。

"亲爱的。"陆丹心小声叫钟玲。

钟玲没听到似的，头也不回，一动不动。

陆丹心叹了口气，揉揉眼睛，起床洗漱，穿戴整齐："亲爱的，我要出去吃东西，我们一起吧，你看今天天气这么好，我们出去走走。"

钟玲眼神空洞，看着墙壁，没动。

"那我给你带吃的回来？"陆丹心说。

就在陆丹心要出门的时候，钟玲突然又说话了，好像什么都没发生一样，问道："你说什么？"

陆丹心说："我说要出去吃东西，叫你一起，你怎么了？"

钟玲摇摇头，说："没事，等一下，我和你一起去。"她甚至还笑了一下，让陆丹心怀疑她并没有发生昨晚上的那一切。等钟玲下了床，陆丹心才看到她脸庞浮肿，眼圈又黑又大。

钟玲简单洗漱了一下，甩着湿漉漉的手说："走吧。"

陆丹心边开门边递给她一张纸巾。

在小吃店里，钟玲点了不少东西，却只吃了一小点，剩下的只好打包带走。然后两人一起绕道去足球场，散步。陆丹心想多陪她走走，因为知道她心里难受，除此之外，陆丹心还真不知道该怎么办。一路上，钟玲看起来都挺正常，虽然神色疲惫，但言语轻松，好像没发生什么事情一样。日头已经高了，她们在田径场上走了一会儿，就打道回府了。

回到寝室后，钟玲脱了鞋子，衣服也没脱就躺上了床。陆丹心和她说话，她也只是应答，言语简单，不想过多言语的样子。陆丹心靠着又睡了一会儿，醒来时间就差不多了，她起身收拾，把礼仪需要用到的高跟鞋放在一个袋子里，准备出门，又返身凑近看了一眼钟玲，发现钟玲正沉睡着，就轻轻关了门。

在路上，陆丹心给杨菲菲打电话。电话通了好一会儿，杨菲菲才接通电话，气息有些不稳定。陆丹心问她在干吗，她说："玩呢，跟朋友。"陆丹心说："你早点回来吧，钟玲状态怪怪的，我得去兼职了，你早点回来陪她说说话。"杨菲菲犹豫了一下答应了。

下午时分，气温是一天中最高的时候，陆丹心实在经不住太阳晒，绕路顺着树林里走，去往公交车站。穿过教学楼、大广场，又进入一片小树林，林子那边就是公交车站，通往市区的唯一一路公交车每一班都在这个地方被挤得满满的。在小林子里，陆丹心远远地就看到了陆平，正坐在树下的圆石桌旁的石凳子上，滔滔不绝地和一个女学生模样的人聊着天，边说边笑。

陆丹心气不打一处来，联想到钟玲，心里腾起一股怒火，朝陆平走去。陆平也许是因为聊天太投入，竟然没发现她。她听见陆平在那里大谈佛学，对对面的女子说某某经适合她，可以帮她化解心中迷雾，要那女子多些时间陪他，他一定会帮她疗伤的。

陆丹心看那个女子，是跟自己差不多的年岁。那女子问陆平："我去找你，你老婆不会生气吗？"

陆平说："我哪有老婆啊，我还没结婚呢。"

女子说："那你对象呢？"

陆平说："什么对象，我现在呀，自由的单身。"

陆丹心听到这里，实在忍不住，快步上去，就在陆平发现她的一瞬间，扬手就是一耳光打在了陆平的脸上。因为陆平是坐着的，不留心，加之陆丹心气愤过度，用力太大，啪的一声，陆平的身子歪去好远，差点摔倒。

旁边的女生吓得站了起来，问："你，你怎么打人呀？"

陆丹心懒得理会她，指着被打懵的陆平的鼻梁破口道："好你个陆平，你还真做得出来啊，刚把钟玲伤了，又马上在这里勾搭别人啊，你知道钟玲有多痛苦吗？你既然不爱她，你招惹她干吗？"

陆平像刚醒来一样，没有理会陆丹心，而是对那个丈二和尚摸不着头脑的女子说："她是疯子，疯子，我不认识她。"她说的是陆丹心。

陆丹心又一次打了过去，不过这次陆平躲闪及时，陆丹心没有打中。那名女子也上来拉住陆丹心，说："你这人怎么这样，怎么动不动就打人啊？"

陆丹心甩开她，怒气冲天地对她说："你最好不要管，你眼前这个禽兽，昨天还和别人约会把人甩了，今天就来找你，你说我为什么打他？"

那名女子不可置信地看着陆平："陆老师，你怎么可以这样？"

陆平恶狠狠地看了陆丹心一眼，对那人说："别听她胡说八道，她血口喷人的，不要相信她。"

那女子看着陆丹心的眼睛，有些迟疑地问道："你说的是真的吗？"

陆丹心说："你可以不信。"

那女子冲陆平摇摇头，掩面转身，小跑走了。

陆平气急败坏地冲陆丹心说："陆丹心，你他妈不要太过分了，我和钟玲的事情关你什么事？"说着看看路边围观的人，知道自己不能把陆丹心怎么样，只好用充满仇恨的眼神盯着陆丹心。

陆丹心骂道："陆平，你枉为人师，你个畜生，禽兽，你不得好死，玲玲真是瞎眼了，还对你那么好……"

骂完后，陆丹心扬长而去。

兼职结束，陆丹心双脚酸疼。高跟鞋穿着一站就是几个小时，脚跟早就红肿了。马力在电话里说马上就到，要陆丹心等一等。天已经黑下来，路上人来人往，大多是饭后出来散步的人。陆丹心就在路边随便买了些吃的，坐在路边树下的椅子上，等马力开车来接。原本她不喜欢马力接自己，可马力一口说要来，车已经在路上了，陆丹心再拒绝就不好了。

她边吃边若有所思地给钟玲打了个电话，问钟玲吃东西了没有，钟玲说寝室吃了好多零食。陆丹心劝她少吃零食，出去吃点饭。又问杨菲菲在不，得到的答案是不在，陆丹心就心里无奈地想，杨菲菲呀杨菲菲。

零零碎碎地聊了些话，陆丹心差点就把下午遇到陆平的事情说了出来，想了想还是忍住了，这时候的钟玲独自一个人在寝室，天知道她知道后会怎样。虽然对陆平大发雷霆，但陆丹心还是不想让钟玲知道发生的事情。

挂了电话，手里的东西也吃完了。马力还没来，陆丹心就只得继续坐着。实在是太累，她顺便在路边把鞋子换了，轻轻揉着脚后跟。

眼前都是来来往往的人，灯红酒绿中，形形色色的人从她的眼前走过，他们有的闲庭信步，有的匆匆忙忙，通往各自的归所，或者预定的目的地。而她，是在等待被领走的路人，在这个偌大的城市里，孤独地坐在路边。但正因为在路边，她得以用心观察这个纷繁的世界，从眼前走过的人们，有的衣衫褴褛，有的衣冠楚楚，有年轻的情侣相互挽着亲密无比，说说笑笑地路过；也有年迈的老头挽着妙龄少女，急匆匆地走着，像害怕什么似的……

陆丹心突然想去一个没有人认识的地方，在所有的清晨、午后、黄昏和深夜中，毫无顾忌地挽着马力走在路上，就像这路上的爱人们一样。她知道在学校里，他们做不到这样，他是副院长，要注意自己的行为；而她只是一名学生，两人的年龄差距那么大，也要随时注意，毕竟流言蜚语，是可以杀死人的。与其说，这种想法是对远方充满向往，不如说成是想对此地的一种逃离，对当前的尴尬的一种逃离。这种想法突然好强烈好强烈，她恨不得此刻就出发，随便去往一个地方，不要多发达，不要有什么吸引人的去处，唯一的要求是，那里没有认识自己的人，不管做什么，都没人关注。

　　半个小时左右马力才赶来，慌忙解释说路上车堵，他们没有拥抱，不像爱人，倒像一对父女，并排着走向停车的地方，陆丹心自己拉开车门坐下，拴上安全带。事实上，她多么希望马力出现的时候像别人的男朋友那样，热情地给一个拥抱，走在路上的时候，能够紧紧牵着自己的手。

　　失落仅仅是一阵子的事情。马力能来接，陆丹心还是开心的。所以当他坐在驾驶座探头过来亲吻她的时候，她予以他热烈的回应，他一发不可收拾的模样，越来越热烈，甚至动起了手。陆丹心轻轻推开他，示意他此地不宜。

　　车开出城区，在大道上有一段数百米都没人居的路段，马力在路边树下停了下来。这样的路段到了晚上基本没有行人，都是呼啸而过的出城的车辆。马力扯开安全带，扑过来和陆丹心亲热，有一阵子，陆丹心全身血涌，像被火点燃一样。可是内心翻腾中，她脑海里竟然浮现出这样的场景：夜深之中，学校里路边的车辆里，一对男女正在激烈地做爱，车身随着呻吟声上下有节奏地浮动着……是前些天亲眼看见的事情。那一刻，她的身体迅速冷却下来。

"不行。"她使出九牛二虎之力，才把笨重的马力推开，"这里不行。"

"没事，这里没有人的。"马力喘着气，又开始吻她。

陆丹心应付了一会儿，实在是兴趣全无，又一次推开马力。

"你怎么了嘛？"马力有些不开心地问。

"我实在是不习惯这样，要不，我们找个住的地方吧！"她知道马力不高兴，她也知道自己想和他亲热，可是她就是老是想到那个画面，她无法接受。

他们很快就开车在附近找到一家快捷酒店，以最快速度，从停车场到大厅收银台再到房间，一气呵成。也许是两人第一次在酒店做，他们都感到了新的快感和新奇，累了就歇会儿，然后接着做。几个小时后，有些疲惫的两人才退房离开。

"去吃点东西吧？"马力边开车边说。

"不用了，我想早点回去。"陆丹心看看时间，已经马上熄灯了，今天肯定只能熄灯后回寝室了，看来得找个好点的理由。

"怕什么啊，回不去不是可以去我那里吗？"马力说。

陆丹心不是不想跟他在一起，只是一方面在那里多次被马力的儿子陈桥撞见，心里有点阴影了，二来钟玲这两天状态不好，不知道杨菲菲回去了没有。所以，她想早点回到寝室。

于是她说："不行，我必须回去的，快回去吧，再说我也不饿，等你接我的时候吃了东西的。"

车开到穿过学校的公路上，陆丹心下了车，说自己走回去就行。她是害怕在宿舍区下车的时候被认识的人撞见。她害怕被人知道这些。马力拗不过，只好告诫她路上赶紧回去，不要逗留。

走在深夜的校园里，风一吹，陆丹心突然觉得有些凉。为了早点回到寝室，她选择了抄近道穿过停车场和教学楼，不走大路。快要走出树林进入停车广场的时候，突然不远处一辆车车门被打开，一个熟悉的身影钻了出来，随后另一边车门也打开了，同样一个人钻了出来。之前钻出来的那个身影好熟悉，陆丹心站住定神一看，不正是杨菲菲吗？再一看，另外一个人，正是杨菲菲的干爹。

正当陆丹心想要和她打招呼邀她一同回寝室的时候，杨菲菲却被她的干爹抱住了。陆丹心一下子愣住了，不知道该不该上前打招呼，傻傻地站在广场边上的树下，看着眼前的一切。

只见杨菲菲的干爹紧紧地抱住杨菲菲，杨菲菲似乎在挣扎的样子，很快他们就开始亲吻，亲了好一会儿，杨菲菲才扭着身子和她干爹分开来。他干爹笑着摸她的屁股："说，小心肝，不要生气，谢谢你今天陪我，只要你听话，好处不会少你的，来，这是给你的生活费。"说着将一个信封递到杨菲菲面前，杨菲菲傻愣了一下，接过信封。杨菲菲的干爹又抱了杨菲菲一会儿，才钻进车里，把车开走了。

陆丹心恍然大悟，原来，他们真的不是简单的表面关系。原来那天晚上无意撞见的车震，主角也就是杨菲菲和她干爹。天啦，陆丹心心里想，这，怎么会这样？

车一开走，陆丹心和杨菲菲之间就敞亮了许多，陆丹心想要躲，毕竟这种事情，不知道最好，可已经来不及，杨菲菲一抬头，就看到了树下的陆丹心。一瞬间，杨菲菲愣住了。

"哎呀，杨菲菲，你怎么一个人在这里呀？"陆丹心假装什么都没发现的样子，走过去说："我刚从市区回来，一过来就看你孤零零站在这里。"她热情地过去挽住杨菲菲的胳膊，尽量做出刚路过的模样。

杨菲菲却没有动，她痴痴地看着陆丹心，说："你都知道了？"

陆丹心说："知道什么啊？我只知道你大晚上一个人站在这里，像吃了什么药一样。"

杨菲菲笃定地说："知道就是知道了，你现在是不是觉得好开心啊？终于知道我的真面目了吧？"杨菲菲说着蹲在了地上。

陆丹心知道没必要再假装了，也蹲下去，看着杨菲菲。

杨菲菲说："对，就如同你看到的一样，我不是他的干女儿，而是他的情人，这么多年，我自欺欺人地活着，一直维持着这种身份，有时候我自己都相信了自己。"

陆丹心说："是，我看到了，都看到了，但是我是无意的，我真的是刚从市区回来，你看我提着东西，今天兼职太晚了，才回来的，我不是故意的。"

杨菲菲突然跪在地上，泪流满面。"陆丹心，我求求你，不管你看到什么，为我保密好吗？我已经在想和他分开了，我早就不想做了，求你为我保密，尤其是不能让张天知道，我不能失去他，求求你了，求求你了……"

说到后来，声泪俱下，含糊不清。陆丹心给她递去纸巾，说："杨菲菲，请你相信我，今天晚上的事情，就当什么都没发生过，但是我还是要奉劝你，既然想回归正常的生活，就要尽快彻底地与他结束这种关系，好吗？"

杨菲菲眼泪止不住地流："四年，快四年了，我从十七岁就做了他的情人，做了他四年的情人，从高二到现在，我都好恨我自己，怎么可以做到这样，我……"

20 ⁄⁄⁄

多年前，杨菲菲家乡偏远的县城，杨菲菲认识了包养她的"干爹"。

那一年，杨菲菲十七岁。

杨菲菲家在祖国西南两县之交的小村庄，石漠化肆虐的大地上，一眼望去到处都是裸露出来的岩石，泥土稀少而又贫瘠、自然灾害频发、交通闭塞等原因，让这个地方贫穷不堪。杨菲菲上小学的时候，妈妈就在上山干活时摔下山崖，把脚摔断了，早的时候无法行走，卧床接受乡村老中医的医治，虽然随着时间的推移伤情逐渐好转，但至今依旧行动不便，除了一些轻巧的家务活，什么也做不了。妈妈残疾后，爸爸一人撑起了那个家，上有二老，下有四个孩子的重担，一夜间就把他压得白了头。

杨菲菲家里四姐弟，大的三个都是女孩，最小的是弟弟。据说那时候家里为了生一个男孩，父母东躲西藏，风餐露宿，担惊受怕了好多年。等到有了男孩，不说鸡猪鸭鹅被计划生育小分队抢走了，就连家里仅有的两间木房也被夷为平地，一家八口人只好住在乡亲们帮忙筑起来的两间土墙房里，过着捉襟见肘的生活。

杨菲菲是家里最大的孩子，也是最懂事的孩子，读书也很认真，小学开始就一直是班上前几名。那时候，每天都要步行一个多小时去远处的乡村小学读书，无论寒冬酷暑，无论天晴风雨，后来两个妹妹也进了学堂，杨菲菲就承担起来在学校里照顾妹妹的职责。小学毕业后，到了更远的小镇上上初中，原本入不敷出的家里，更加困难了。每年为了筹学费，都要让杨菲菲的爹妈焦头烂额。

好在杨菲菲爹妈深知自己那一代吃了没有文化的苦，不管多苦多累，一定要想办法让几个孩子读书学习知识。有好几次杨菲菲都想放弃了，出去打工供弟弟妹妹读书，都被父母劝住了。

后来，杨菲菲中考虽然对自己而言不理想，但还是以优异的成绩进入了县城仅次于一中的三中学习。高中的费用和初中小学比起来，差别很大，上千元的学费就让一家人一筹莫展，何况还有每月的生活费。虽然面临困难，但杨菲菲的父母依然坚持着，想方设法地为她凑钱，把她送进了高中。

穷人孩子早当家。杨菲菲上了高中，更加懂得要努力学习，才对得起父母的付出。来自穷困山村的女孩，在县城里，受尽了白眼和欺负，却又不敢反抗，只能自卑地生活着。

高一快结束的时候，新一学期的学费又困扰着她了。这时候，班主任把杨菲菲叫去，说县里办了个拉手边区贫困学子的活动，也就是县里的一些干部，每个人牵手一位贫困学生，为其提供高中三年的学习费用，如果高中毕业考上了好大学，说不定人家还会慷慨支持。班主任认为，杨菲菲成绩优异，家庭又困难，非常符合这个活动的条件，让杨菲菲写份材料上交，他去争取。

这可给杨菲菲带来了福音，花了两个晚上一字一句，写了一份情真意切的材料，将自己的学习情况和家里的极端困难情况娓娓道来，边写边抹眼泪，写完自己都泣不成声了。材料交出去后，杨菲菲就开始了焦急的等待，直等到期末考试，直等到杨菲菲都觉得没有什么希望了。

杨菲菲记得那天正在考历史，班主任突然走了进来，在杨菲菲耳边轻声告诉她考完后去办公室，有事。

杨菲菲就是在高一期末考试的时候，在班主任的办公室见到这个后来成为她的"干爹"的男人的。当然，那时候，他们只是两个陌生人，一个是好心的资助者，一个是急需帮助的贫困生。

杨菲菲进门后看到一个男人侧对着自己，坐在沙发上，正和班主任聊着天。杨菲菲就站在门边，不知道该不该进去。

"杨菲菲，考完啦？来，进来。"看到门外的杨菲菲，班主任放下手中的茶杯，热情地招呼她。那个男人也站了起来。

"就是她？"男人问。

"对。"班主任说，"家里确实很困难，学习成绩很好，要是辍学了，就可惜了。"

"嗯，不错。"那男人打量着杨菲菲，问道："你叫什么名字呀？"

"杨菲菲。"杨菲菲回答的时候，声音很小。

男人说："杨菲菲啊，以后，你好好学习，费用的问题，你就不用操心了，你的责任只是好好学习，学习好了，就是对叔叔最好的报答。"

杨菲菲抬眼惊喜地看看那个男人，又看看班主任，一时不知道说什么好。

班主任笑着说："菲菲，这就是县里拉手边区贫困学习活动中与你拉手的叔叔，是周副局长，还不快谢谢周局长？"

杨菲菲赶紧说："谢谢局长，谢谢周局长，您真是个大好人！我们一家都会感谢您的，我也一定会好好学习的。"她很激动，一溜说了好多。

男人笑着说："哎呀，不要叫局长，叫叔叔吧，再过几年，我小孩也就你这个年纪了，叫叔叔亲切，叫局长干巴巴的，一点都不亲近。"

杨菲菲就叫了他一声叔叔。他开心地说："嗯，真懂事。"

班主任点头哈腰地招呼那个男人坐下，对杨菲菲说："菲菲，你回去好好学习吧！"

杨菲菲心里那个欢天喜地的，恨不得赶紧放假回家，把这个天大的好消息告诉爸爸妈妈，以后他们就不用那么辛苦了。想到这样可以让家里轻松很多，她心里对那个男人更加感激了。

　　考完试的那天，杨菲菲又和这个周姓局长见了一面，依然是和班主任一起，在周局长的家里。那天在场的还要周局长的老婆，和他十二三岁儿子。他们一起吃了顿饭，是周局长的老婆亲自做的，因为他们觉得应该关心一下杨菲菲，杨菲菲离家远，家里又困难，他们将尽最大的努力帮助杨菲菲。饭桌上，班主任和周局长都喝了些酒，大声说着话，周局长还夸班主任好，说："这样的人应该去当校长。"班主任就乐呵呵地说："哪能啊，只要能够教好书就行啦。"周局长表态说："如果有机会，我会考虑你的。"周局长的老婆则一个劲地给杨菲菲夹菜，叮嘱她多吃点，以后没事可以来家里玩。

　　就是在那个饭局上，杨菲菲成了周局长的干女儿，真正的干女儿。班主任和周局长的老婆以及那个十二三岁的少不更事的男孩都见证了这一切。周局长觉得杨菲菲乖巧懂事，醉意醺醺说："要是以后我孩子这么优秀又听话就好了。"班主任就顺势说："这个好办，您认咱们菲菲做干女儿，不就成了嘛。菲菲，你说怎样？"杨菲菲不知道怎么办。周局长的老婆倒是挺乐意，赞成说："这样挺好，我又多了个女儿，何况还是这么漂亮可爱的女儿。"周局长就愉快地敲定，说："菲菲，以后你就是我干女儿了。"班主任赶紧说："菲菲，还不快叫干爹？"杨菲菲就娇声叫了声干爹。这事就这么成了。

饭毕离开的时候，周局长和其老婆反复叮嘱，暑假结束一定要去家里玩，周末没事也要去，以后他们都是干爹干妈了，会尽力照顾好她的。

那之后，杨菲菲的日子就好过起来，学费、生活费都有着落了，干妈还有事没事地给她买些好吃的，买好看的衣服，这个乡村来的贫困女学生，没多久就变成了个像模像样的城里人。班上的同学们看到杨菲菲这样，都闲话不断地说杨菲菲，穷疯了，贪图人家才做人家干女儿。这些恶毒话传到杨菲菲的耳朵里，慢慢地，杨菲菲对同学们的敌视就更加重了。

到了周末的时候，干妈会打电话给班主任，让他转告杨菲菲，去家里吃饭。杨菲菲每次都会去，看看电视，或者带着干弟弟出去街上玩。干妈对杨菲菲很好，也许是家里有钱，特别舍得给她买好吃的好穿的。有时候她晚上也睡在干妈家，刚好有个小的房间，干妈就在那里铺了张小床，如果杨菲菲不回学校寝室，就睡在那里。

干爹似乎很忙，每次杨菲菲去，大多时候都是吃饭的时候能够看到他，吃完饭他会和杨菲菲说几句话，问问成绩什么的，叮嘱她好好学习之类，然后一会儿就走了。有时候周末去了压根就看不到他。当他和杨菲菲说话的时候，会盯着杨菲菲看，开始的时候，杨菲菲怪不习惯的，后来慢慢熟悉了，也就不觉得有什么奇怪的了。

那年，高二第一个学期，天气冷下来的时候，周五的下午，干爹就提着一床毛毯来了学校。说是冬天来了，怕她冻着，特意让她干妈买的，正好他没事，就送过来了。他陪着杨菲菲把东西送到了杨菲菲的寝室，又领着杨菲菲出了学校。路上的老师们见到他，都毕恭毕敬地喊他局长，恭维他有爱心。

那天天挺冷的。进了门，家里的空调把房间里哄得暖暖的。干爹让她去看电视，自己去厨房做晚饭。杨菲菲就去打下手，洗菜，扫地，勤勤快快地帮忙。那天杨菲菲穿着前不久干妈买的羽绒服，忙了一会儿，又因为空调的关系，她觉得有些热，就把羽绒服脱了，穿着羊毛衫帮忙。十七岁的杨菲菲，也许是因为家贫，长期保持体力劳动，因此发育完整，身体呈现出轮廓分明的结构来，紧身的羊毛衫将她饱满的胸部和纤细的腰部勒出诱人的形状来。当她忙碌着的时候，干爹就边做着事情边偷偷瞅她。

吃饭的时候，好奇的杨菲菲问怎么不见干妈和弟弟。干爹说："你干妈带着你弟弟去外婆家了，外婆家在另一个县城，平时工作也忙，难得去一次，要周日才回得来了。"又说："是不是你干妈不在家，不习惯呀！"杨菲菲说："不是，就是好奇，问问。"

那天他们自己煮小火锅吃，好几样肉类和各种蔬菜摆在旁边，想吃什么就夹什么在锅里煮。这是杨菲菲第一次这样吃。在农村，是没有火锅这么一说的，何况还有这么丰盛的菜和肉。吃完晚饭，杨菲菲像平时一样，勤快地收拾着锅瓢碗盏，把碗洗了，把地拖了，然后对干爹说："干爹，我要回去了。"

正在看电视的干爹看看表，说："都十来点了，你今晚住这里吧，反正是周末，我去给你把电热毯开了，洗手间也有热水的，你要是累的话自己去洗个澡早点睡吧。"说着自己走进那个小房间，一会儿出来说："你别不自在，就当是自己家，我看看足球，晚点朋友喊打麻将，我可能还得出去，你就当在这里帮我守家嘛！"

杨菲菲也不好再走，就说："那我也看会儿电视再睡。"两人就坐在沙发上看电视，一个矫情的泡沫剧，边看边闲聊着。电视里，男女主角在大雨中热烈亲吻，看得杨菲菲屏住呼吸，浑身不自在。干爹就站起来，换了一下台，走进卧室，一会儿拿出一套睡衣出来，递给杨菲菲说："你要洗澡的话，拿你干妈的衣服换。"

杨菲菲确实是想洗澡了。她不喜欢学校的澡堂，因为每次在里面洗澡，都要被身边的女生盯着看来看去，是因为她的身体比别人发育得丰满，一对结实而饱满的乳房，洗澡的时候像管不住的调皮小兔子晃来晃去。这让杨菲菲不自在，所以她大多时候都是打点热水在寝室随便抹一下。

那天杨菲菲自己洗了个热水澡，穿着干妈的睡衣舒舒服服地躺上了小床，一会儿就睡着了。也不知道睡了多久，迷迷糊糊的，杨菲菲感觉有手在摸自己的脖子，摸得身体痒痒的。处于半清醒状态的杨菲菲，觉得摸得好舒服，但是那双手很快就摸到了她过早发育得丰满的胸部。像做梦一样，她全身软软的，觉得很享受。那双抚摸自己的双手，一直摸着胸部，慢慢地滑向了她的两腿之间。她好像意识到什么，感觉这不是梦，一下子醒来，发现一个人正坐在床沿上，而自己已经全身赤裸，一丝不挂。抚摸自己的那双手，就是床沿上坐着的人的。房间里黑乎乎的，杨菲菲看不清是谁。

杨菲菲感觉不对劲，赶紧拉紧被子，推开那双手。那人一手捂着杨菲菲的嘴，说："别叫。"他一出声，杨菲菲就听出了是干爹。

干爹将她压在那张不大的床上，不断亲吻她的身体，而她不断反抗却又不敢大声叫，害怕被人听到。当她想到要大声呼救的时候，干爹已经把自己扒了个精光，压在她的身体上，捂着她的嘴，不管她泪流满面地挣扎着。

完事后，干爹紧紧抱着杨菲菲，说："菲菲，你不要告诉干妈好吗？干爹糊涂，是干爹糊涂，一时色迷心窍，对不起，只要你不说，干爹一定会对你好好的，好好照顾你，好不好？"

杨菲菲一言不发，只是颤抖着流眼泪，发出轻微的哭泣声。也不知道哭了多久，杨菲菲再一次迷迷糊糊地睡着了，等她醒来，发现干爹还紧紧抱着自己。天已经亮了，通过半拉着窗帘的窗户，可以看见外面阴沉沉的天空。杨菲菲动了动身体，那一刻，她心里好绝望，她想不清楚，为什么干爹要这样对自己，自己才十七岁呀，什么都不懂，再说了，干爹有老婆有孩子，还是自己的长辈，怎么可以这样，这样不是强奸吗？

周日中午，干爹给她做了午饭，吃完饭，她要走。干爹送她去学校，快要出门的时候，干爹突然叫住她，掏出钱包，拿了一些钱出来，在手里掂了掂，又从钱包里拿出一些，放在一起，递给杨菲菲，"菲菲，拿去买好吃的。"

杨菲菲一下子不知道怎么办。干爹找来一个小纸袋子装着，塞进了她的书包，说："菲菲，这是干爹应该给你的，你要听话。"

干爹把他送到学校门口，让她自己走进去。独自走回寝室的路上，杨菲菲心里很乱，不知道怎么办。她从来没有想到，自己和这个男人会成为这样，她以为他会是她一直尊敬的周局长，富有爱心，慷慨资助自己完成学业。可是，一切都不是这样的，就是这个和自己以干爹干女儿相称的男人，把自己给强奸了，可是为什么，那一刻没有足够的力量和勇气反抗？

她突然觉得自己好下贱，简直贱到骨头里了。以前在家里隐隐约约听村里有些闲言碎语说村里的有些姑娘去广东打工，不好好进厂，就去发廊里面卖，每次几十一百的，这些人收入比正规进厂的人高，所以每次回老家都珠光宝气的样子，穿着鲜艳的衣服，披着染红的头发，嘴唇也涂得跟喝了猪血似的。杨菲菲非常看不起这些人，认为女生一定要靠自己真本事养活自己，找一个对自己好的，自己也爱的男人结婚生子，正正经经生活。可是现在呢？想到这里她心里更加厌烦自己，觉得自己跟她们已经没什么两样。而背在书包里的那些钱，突然好沉重。

回到寝室，杨菲菲把书包放在桌子上，去上厕所，出来的时候看到一个室友正在拿自己的书包，她马上触电般地冲过去一把夺过自己的书包，生怕别人发现里面的钱。那位同学很不高兴地骂她神经病，吃了火药，她也懒得搭理，拿着书包爬上了在上铺的床，躲在被窝里，把书包里的钱拿了出来，一数，两千多。

杨菲菲从来没有一下子有过这么多钱，看着二十多张面额一百的钱，杨菲菲心里慌了，愣了好一会儿，才把钱放回去。不行，我不能要，我要了，就和那些不正经姑娘没有什么区别了，不就一样下贱了吗？杨菲菲决定，晚自习后找个地方丢了。

那笔钱就像烧红的烙铁，让杨菲菲随时提心吊胆，浑身不自在。好不容易熬到晚自习下了课，她故意慢腾腾地走在了同学们后面，在路上折身进了球场旁边的一个小树林里，那里面有个小池塘。站在池塘边上，正好没人，杨菲菲赶紧拿出那些钱，想要丢在水里。

就在她准备把钱丢了的时候，内心突然响起一个声音，你为什么不要这笔钱？人家那样对你，这是对你身体的补偿，为什么不能要？再说了，只要你自己不说，谁知道？好像是另一个自己在对自己说话。对呀，凭什么不要，他可以这样对我，就应该付出代价。杨菲菲这样想着，赶紧把钱塞回去，回到寝室，找了本不用的书，趁室友们不注意的时候把钱夹在里面，再把书塞到了床垫里，这才松了口气，放下心来。

过两天，杨菲菲中午休息时跑到邮局，往家里寄了一千元。在信里，她说自己周末都出去做事情，有时候帮人发传单，有时候帮人小孩补课，有时候也去帮人家打扫卫生，这些钱都是自己赚来的。她不敢一次性全部邮寄回去，怕被家里怀疑。

有了钱，杨菲菲就不再那么自卑懦弱了，当被人欺负的时候，她也敢大声回敬，甚至和人大打出手了。慢慢地，她开始变得嚣张，尖酸刻薄，逐渐变成当初自己也不喜欢的看不起乡下人的"城里人"。

没多久，干爹就从教育局辞职了。辞职是干爹说的，但杨菲菲私下听说，干爹是因为以权谋私被开除的。干爹离开教育局后，班主任对自己的态度就没有那么好了，虽然还是会关心，但是并不那么热心。而杨菲菲渐渐对学习也没啥兴趣了，心里只是想着如何让自己更漂亮，比别的女生更吸引人，成绩慢慢就滑了下来。

后来干爹开始做生意，没想到越做越顺利，很快就赚了不少钱。高中还没毕业，干妈就无意地发现了她和干爹的关系。气愤的干妈甩了杨菲菲一个耳光，问她是不是干爹强迫她的。她不说话，不哭，也不解释。干妈闹了段时间，和干爹离了婚，分了一笔钱，一个人带着孩子离开了县城。不到两个月，干爹就和另一个年轻的女人结婚了。

二婚后的干爹依然和杨菲菲保持着情人关系，依然找时间和杨菲菲亲热。这种关系从高中一直持续到了大学。杨菲菲后来成绩下滑严重，原本很优秀的学生，好不容易才考上这所三流的大学。她上大学后，干爹也赶县城里有钱人的时髦，到省城买房，虽然生意多半在县城，但他还是隔三岔五地来省城，目的，也就是为了更好地和杨菲菲做那事。

杨菲菲知道他不爱自己，爱的只是自己的身体。可是，她需要钱，如果没有他，她自己也许高中都读不完。干爹为她支付了大学的费用，家里凑的大学学费，都被她存着。她虽然不担心生活费和学费，但是却不能不要家里的钱，因为一旦不要，家里就可能怀疑她，毕竟大学花销很大，凭她自己，是不可能赚到那么多钱的。

直到遇到张天，她才强烈地想要离开干爹。她知道自己真正爱张天的，想要和他长相厮守。可是，虽然说了几次，干爹还是缠着自己，他来学校她不敢不去陪他，因为害怕他把他们之间的事情闹出来。在这里，没有人认得干爹，可她不一样，有老师、有同学，她还要在这里待很久。每每一想到，她和干爹的事情被同学们知道，就像当众被人扒个精光一样，那种痛苦，想想就害怕，她承担不起这种代价……

"求求你，陆丹心，求求你为我保密。"杨菲菲泪流满面，跪在地上。

陆丹心也忍不住湿了眼眶，说："菲菲，你没有错，我理解你，你放心，我一定给你保密，一定一定保密。"

"不行，你发誓，你发誓保密，死也不说。"杨菲菲不相信地看着陆丹心说。

陆丹心无奈地举起一只手。"我，陆丹心，对天发誓，今天看到的一切，都当从没看到，听到的事情，都当从没听到，否则瞎眼变聋子，从此看不见任何东西，也听不见任何事情。我保证，死也不说。"

杨菲菲用袖子擦着眼泪，说："谢谢你，陆丹心，谢谢你。"

"好了，很晚了，我们回寝室好吗？不要哭了，快把眼泪擦干……"

21 ///

　　也许是秘密被人知晓，杨菲菲的状态也低迷起来。三个人的寝室里，就有两个情绪不好的人，这让陆丹心感觉很压抑。

　　钟玲依旧阴晴不定，有时候说说笑笑没事似的，有时候却又沉默不语甚至神色悲伤；杨菲菲很少说话，跟陆丹心眼神触碰的时候都会迅速地躲开。钟玲给陆平打过好几次电话，有一次接通了，两人大吵了一架，钟玲泪流满面，骂陆平你他妈去死吧！有天晚上钟玲跑出去，快熄灯还没回来，陆丹心猜着是去找陆平，电话又打不通，邀着杨菲菲出去找，在路边找到蹲在地上泣不成声的钟玲，早就哭成了个泪人。

　　也就是几天的时间，钟玲就像变了个人似的，皱纹、黑眼圈，又懒于打理自己，头发乱乱的、油油的，看起来老了十来岁。陆丹心心疼她，却又没办法，劝了几次她都听不进去，只好无奈地看着她阴晴不定地生活着，想帮忙却无能为力。至于那次在树林里和陆平冲突的事，陆丹心绝口不提，她不知道钟玲知道了会怎样。

杨菲菲每有空余时间，都跟张天在一起，很少与陆丹心和钟玲待在一起，难得在一起的时候也很少说话。她脸上原本靓丽的色彩也没有了，总像个随时都小心翼翼的小偷。

陆丹心大多时间陪着钟玲，给她买吃的，劝她吃东西，陪她玩、陪她闹，她不开心了就守着她。当然在马力需要的时候还是要撒个谎，挤出一两个小时的时间去陪马力，毕竟她也喜欢跟马力在一起。

陈桥依旧和陆丹心有一搭没一搭地聊着，自从上次见面后，他说话就更加大胆了，聊天的内容也早从学习扩展到其他方面。这让陆丹心感觉很无语，就好比小婶子被侄儿调戏了一样，有种耻辱感。但是当她表示不想听到他说这些的时候，他又乖乖地跟她道歉。看得出来，他道歉的时候，也是认真的。

陆丹心开玩笑说："道歉一点都不诚恳。"他说："姐姐我已经很诚恳了，还要怎样？"陆丹心说："有本事你来我面前当面道歉。"他不再说话。

几个小时后，陆丹心接到他的电话："丹心姐，你出来，我给你道歉。"陆丹心说："你不要开玩笑，该干吗干吗去，我忙着呢。"他说："我真的来了，就在你们学校球场门口。"陆丹心被吓了一跳，这简直太不可理喻了，说："你疯了啊，你怎么这么不懂事，大晚上跑回来你不上课了？"他说："因为我想当面给你道歉。"他说："一下课就出来搭车的，后来路上一直堵，就晚了。"他说："我就是想见你了，再说谁让你叫我来当面给你道歉的。"陆丹心无奈地说："你怎么这么幼稚，我跟你开玩笑的啊。"但陈桥听不进去，他说："你出来，不然我就不回去了。"

陆丹心完全低估了陈桥。按理她早该想到的，龙生龙凤生凤老鼠的孩子打地洞，有马力那样的爹，儿子也不是吃素的，但她就一直觉得这是个还没长大的小孩，直到他贸然来找自己她也觉得只是不懂事。所以当她被迫去足球场找他见到他的那一刻，这个读高二的小男生趁她猝不及防的瞬间将她抱住的那一刻，她慌乱了。她首先想到的是马力，她是马力的女朋友，可这一刻马力的儿子却抱着她。懵了数秒，陆丹心猛地推开陈桥，气愤，却说不出话来。

陈桥也发现自己失礼，赶紧道歉，小心翼翼地解释，说自己只是好不容易见到陆丹心心里激动。"再说了，你是我姐姐，还不可以拥抱一下啊？"他补充道。简直天衣无缝，充满了十足的说服力，让陆丹心无从生气。

"你吓到我了。"陆丹心说，"现在见到了，你快回去吧，你明天还上课呢！"

陈桥看看表，说："这不时间还早，等下还赶得上去市里的末班车，我们走走吧！"

走大道是肯定不行的，万一这小子路上突然牵个手揽下腰，又刚好被认得的人看到，那就完蛋了。陆丹心提议去足球场里面，刚好转身就可以进去。因为球场空而大，只有边上有灯，很多地方光线都不好，看不清楚人，晚上出来纳凉的人们都三三五五地坐着，跑道上跑步的人也只有寥寥几个。

　　这一路散步下来，陆丹心可谓随时都小心翼翼，她弄不清楚身边这个虽然小自己好几岁但体力明显比自己大很多的高二男生还会不会来突然袭击，所以时刻都注意保持着相互之间的距离。陈桥却很安分，也没多说话，默默地走在身边。顺着跑道走了几圈，在陆丹心的催促下，陈桥才依依不舍地乘车回去了。

　　陈桥说："丹心姐，我喜欢你，可不可以做我的女朋友。"刚刚分开，几分钟后，陆丹心就收到了陈桥的短信，还加了个害羞的表情。这句话让陆丹心的手机像滚烫的烙铁一样烫手。陆丹心简直无法理解这个少年，高二的孩子，给一个大二的女生表白，这是陆丹心无法接受的。她说："你年纪太小，你看我都大二了，你才高二，你什么都不懂，你还不知道什么是爱情。"事实上，最大的原因，她和陈桥的爸爸马力之间的关系，让她不得不立即和这个人划清界限，拒绝的方式有很多种，但唯一不能用的就是告诉他和他爸爸的关系。

　　"可我比你高，比你壮，我能保护你，我也懂事了，我知道什么是爱情，我身边很多人都谈恋爱了，他们都可以，为什么我不可以，我就是喜欢你，想和你在一起。"陈桥在短信里说。

"我有男朋友，我很爱他，我想和他好好在一起，这是一；你还小，不懂事，这是二；我对你没有爱情，只是把你当成一个普通的小弟弟，这是三。这三点足够了吧，总之我们俩不可能在一起的。再说了，你现在的任务，是好好学习，等你考上了大学，你会发现这时候喜欢我是多么傻、多么幼稚、多么无知的事情，你会庆幸我没有答应你。那时候，你会遇见更多的漂亮的女孩，会有真正喜欢你的人，得到自己想要的爱情。"陆丹心把自己能想出来的理由，都说了出来，发出去的时候，正好就到了寝室。

　　好久后，陈桥回了短信，没有多的内容，只有一个字：哦。这个简单的字，陆丹心却读不懂，是心里难受？是表示知道了？还是表示放弃了？她不知道。

　　为了化解尴尬，陆丹心回复说："小屁孩，好好学习吧，今天的事情姐姐就不生气了，但是下不为例，我也很忙，你以后也不要闹，不要来找我，我上课忙，下课也忙着陪男朋友的。"

　　陈桥却再没回应。

　　电话铃声响起。陆丹心看了一眼后心里想，这对父子还真是有默契。

　　是马力打来的。

　　她接通："喂，你好。"

　　她对他客客气气。他们一直都是这样的。他们之间的情况，加上当时寝室里杨菲菲和钟玲都在，不允许陆丹心动用一丝柔软的语气。

"亲爱的小宝贝，在干吗呢？"马力柔声问她，他倒是无所畏惧，反正家里就自己一个人，说得多肉麻多大声，也不易被人听到。

"在寝室呢？"陆丹心说。

"想不想我啊？"马力问。

"嗯。"陆丹心只能一字代替，要是没有人在，她会比马力矫情好几倍。

"说想我。"马力不依不饶地说。

"没啥事，你有什么事吗？没事的话我先挂了，我有点忙，要不等下短信联系。"陆丹心答非所求，一本正经地说。

"别别别，别挂，我想听听你的声音。"马力央求说。

"那您说！"陆丹心语气正经得好像在跟人谈生意。

"你想我哪里呀？"马力又邪恶起来。

"都有的。"陆丹心回答说，"我还是挂了吧，等下短信联系，我先忙一下。"

刚挂了电话，陆丹心就赶紧给马力去了短信："亲爱的，老色狼，实在不能乱说，室友们都在呢，所以不能满足你跟你说过分的话哦。"

马力说："我就是知道她们都在才让你说的，哈哈。"

"坏人。"陆丹心顺便加了个俏皮的吐舌头的表情，说，"我洗漱去。"

放下电话，陆丹心去洗漱，钟玲用奇怪的眼神看了陆丹心一眼，看得陆丹心发麻，便问道："怎么啦？这么看着我干吗？"

钟玲没说话，又转过头，面对着墙壁。

这几天她时常陷入这样的境况，一回寝室就躺在床上，侧身面向墙壁，不对谁说一句话，时常陷入发呆，像丢了魂似的。有时候又突然笑了，态度跟之前天壤之别，跟陆丹心有说有笑的，好像什么都不曾发生。总之，这些日子里，钟玲像着了魔一样，一会儿好一会儿坏的，陆丹心和杨菲菲都习惯了。

陆丹心洗漱完毕，拿手机一看，陈桥又来短信了。说他到学校了，又说很想陆丹心。陆丹心皱着眉，把短信删了。

快上课的时候，陆丹心摇着床上的钟玲："赶紧醒醒，赶紧醒醒，要上课啦！"

钟玲身子动了一下，没转身，说："别摇了，没睡着，我不舒服，不想去了，你帮我顶一下，点名的话帮我答一下。"

陆丹心问道："怎么了？哪里不舒服？要不要去医院？"

钟玲背对着陆丹心说："就是心里烦，你快去吧，回来的时候帮我带点吃的，不想出门了。"

陆丹心只好自己一个人去上课去了。上课的时候，杨菲菲猫着腰蹑手蹑脚地跑到陆丹心身边，坐在空位上。

陆丹心问她："中午去哪里了？"

杨菲菲说："广场不是有个活动吗？张天在那里演出，我去看啦，好精彩，要不要给你看照片？"说着也不等陆丹心答应，自顾自地手机给陆丹心看照片，"你看，帅吧？"

不过就是平常的照片，有几张还因为拍照的时候手抖而模糊不堪，其中有两张，是张天揽着杨菲菲在舞台上，张天一手举着吉他，杨菲菲则紧身依偎着张天，脸上洋溢着幸福的笑容。

"好甜蜜呀，甜死人了。"陆丹心夸奖道，"要不要这么黏啊你们？"

"嘿嘿，丹心，你知道吗？张天说等这个学期结束，暑假就带我回家，和他家里见面，他说他家人一定会喜欢我的，可是我好害怕啊，万一他家里不喜欢我我该怎么办？还有啊，我要怎么去他们家呀？要不要买什么礼物？要注意些什么呀？还有还有，见到他爸妈我该说什么啊？哎呀，好烦，一想到就烦，可是我又好开心，因为，这正代表着他是认真想和我在一起的。"杨菲菲说话的时候，眉毛都像在跳舞一样动着，可谓眉飞色舞，开心不已。

陆丹心说："我哪里知道呀？我又没有经验，看你乐得哦，快傻了，不过啊，杨菲菲，你可得想好，不要随便去男方家，你怎么肯定你们一定会结婚呢？既然不肯定，就千万不要去！"

"可是可是，我也好想去，因为这至少代表人家张天对我是认真的嘛！"杨菲菲说。

"你呀，就是完全被张天降住了，没救啦！"陆丹心笑着说。

一会儿，杨菲菲又面色阴郁地说："丹心，我现在其实好害怕，万一张天知道了我的事情，那我们肯定就完了，一定会完了的。还有啊，我现在跟张天在一起，心里总是好愧疚，总觉得自己对不起他，我该怎么办啊？"

陆丹心想了想说："你别胡思乱想了，我会替你保密的。如果你真的爱张天，就赶紧把自己的事情处理好，越早越好，就算没有张天，你也早就应该结束了，你这样不是一辈子的事情，最终会害了你的。"

杨菲菲小声说："我知道，可是，唉，我会尽快处理好的。丹心，你一定要帮我。"

陆丹心就有些不耐烦了，杨菲菲已经不是第一次这样对她说了，她也不是第一次向她保证会为她保密的了。她说："我说了会为你保密就会为你保密嘛。"

快下课的时候，杨菲菲突然又把脑袋凑过来，小声说："陆丹心，你有没有发现，钟玲最近好怪，不说话，不想吃东西，还自言自语的，是不是脑子坏了啊？"

陆丹心说："别乱说，可能是失恋打击太大吧，你别当着她说这说那的。"

杨菲菲说："反正，我就是觉得好奇怪，感觉她这回问题不小。"

课后，陆丹心买了吃的带着回到寝室，钟玲没在寝室。她的床铺乱乱的，完全没有整理。洗手间面池上还残留着洗头膏的泡沫，吹风机还插在插孔里，看来是钟玲起床洗头，用了忘记收了。

会去哪里了呢？不对啊，这姑娘这些日子都不想出门，恨不得把自己关起来，怎么会自己跑出去呢？心里怀着好几个问题在打转，陆丹心边想着边给钟玲打电话。

电话很快就接通了，钟玲说："丹心，你下课啦？"

"你去哪里了？"陆丹心问道。

"哦哦，我有点事出来了，晚点才回去，不要担心。"钟玲说。

陆丹心好奇地问："你能有什么事情啊？"

"一点点私事啦！放心，没事的。"钟玲说，"我先挂啦，现在在路上呢！"

从语气可以听得出来，钟玲心情似乎不错，因为好像说话的时候还笑了两声，音量也有些高，好像遇到什么喜事一样。知道她心情不错的时候出去的，也就打消了心中的顾虑，让她早点回来。

钟玲回来的时候是晚上十来点，她看起来心情不错，还带了各种小吃零食。那时候杨菲菲正在外面和张天在校园的某个黑灯瞎火处约会，只有陆丹心在寝室。

"看起来心情不错，怎么，有什么开心的，分享一下呗！"陆丹心问道。

"嘿嘿，你猜！"钟玲把袋子放下，从里面拿出零食，丢给陆丹心一些。

"别卖关子，快说。"陆丹心边撕零食袋子边问。

"他找我了。"钟玲说。

"什么啊？"陆丹心以为自己听错了，重复问了一遍。

"陆平啊，陆平，他下午找我了。"钟玲开心地说。

陆丹心心里凉了一截，心说钟玲你是多下贱啊，都这样了你还去找他，人家一句话你就屁颠儿屁颠儿地去了。

"然后你就去找他了？"陆丹心问。

"他说他想我，想见我，嘿嘿。"钟玲说着，自己撕开零食，吃了起来。

陆丹心想了想，还是问道："你觉得他还爱你？"

"爱呀，我觉得他是爱我的，以前肯定是因为我不好，他才生我的气的，我也生他的气，可是我一看到他信息，我，我就不生气了。"钟玲说。

"可是那天我明明……"陆丹心突然想到什么，止住了，关于那天看到陆平跟其他女生在一起的事情，还是不说为妙。

"明明什么？"钟玲好奇地问。

"没什么，可是你这样值得吗？"陆丹心说。

钟玲吞了口中正在嚼的食物，清了清嗓子，说："张爱玲怎么写的来着，说'你问我爱你值不值得，其实你不知道，爱，就是不问值不值得'。是这么说的吧，爱就是不问值不值得。我想和他在一起，我想他嘛。你不知道，跟他在一起，我就有种我爸爸在身边的亲切感和安全感。"

"你爸爸可不会这么对你。"陆丹心幽幽地说。

"当然，我爸爸要是在的话，会比他对我好一万倍，但问题是，我爸爸不在了。"钟玲说。

"你们去干吗了刚才？"陆丹心问道。

"我们呀，嘿嘿，能干吗啊，以前你跟李良干什么，我们就会干什么。"钟玲说话的时候，脸上呈现潮红之色，陆丹心一看就明白了。

陆丹心确定陆平并不爱钟玲，可是看着钟玲那么开心，她又不忍心说出真相。所谓真相，无非就是陆平不爱钟玲，但是他还会需要钟玲，因为他是单身壮年男人，虽然平时看起来邋遢丑陋，但那方面的需求跟任何一个壮年男人一样的旺盛，钟玲只是在他需要的时候充当他泄欲的工具。可这点钟玲自己都不知道，或许她是知道的但自己欺骗自己，最后自己相信了自己。

事实再一次证明了陆丹心的观点。

才隔两天，下午时分，坐在阳台上边看书边和陆丹心聊天的钟玲突然陷入沉默，一言不发。好奇的陆丹心走到她身边，观察她的面部表情，看到她脸色很差，伸手在她眼睛前晃了晃，问她怎么了。

钟玲喃喃地说："他又不要我了。"说话的瞬间，泪水大颗大颗地掉落下来。

22 ////

钟玲过得很不好。

陆平又一次甩了钟玲的那天，钟玲看起来是要下决心忘了陆平的样子，她把陆平的电话、QQ、微信都删除了，与陆平有关的东西都统统丢进了楼下的垃圾桶。到了晚饭时间，她不想下楼，是陆丹心下楼帮她买的牛肉粉。陆丹心没有跟她一起吃东西，那天陆丹心和马力约好了，要"见"上一面。

等几个小时后，陆丹心和马力约会完回到寝室，就看到房间里黑乎乎的一片，空无一人。钟玲哪里去了呢？

"钟玲、杨菲菲。"陆丹心喊了一声，没有回应。她把灯打开，才无意中看到钟玲背对着寝室门坐在阳台上，一动不动的，像蹲石像一样，傻傻的。

"怎么不开灯呀？钟玲。"见钟玲没有反应，陆丹心就走到阳台上，晃了晃钟玲，"想啥呢？"

钟玲一言不发，任由陆丹心晃自己，像个不倒翁一样，左一下右一下的，眼睛直直地望着远处。顺着她的目光，陆丹心看到不远处是灯火辉煌的大道，穿过空旷的平地，直直地连接着清溪和市区。大道上车流不多，车辆飞快地驶过去。在远处，是只看得见黑乎乎轮廓的山峰，山下是星星点点的人家。再远一些地方，是空旷的天空。高原上黑夜中空寂的天空，像虚无的幕景，笼罩着大地。

"怎么啦？亲爱的，你怎么啦？怎么不说话呢？"陆丹心急了，联想到杨菲菲前几天在课上阴阳怪气地说钟玲很奇怪，脑子可能出问题的那些话，陆丹心心慌了，一时不知道怎么办，只是拉着钟玲的手，蹲在她的身边，着急地询问着。

"你倒是说话呀！亲爱的，你别吓我。"陆丹心是真的被吓到了，心里想，难道她真的出了问题，这可怎么办啊。

"你说，从楼上飞下去，会是什么感觉？"钟玲突然开口，喃喃地说。

她说得很小声，但陆丹心还是听得真切明确，她心中一惊。钟玲说的是飞，而不是跳。这两个，虽然结局一样，但意味却不相同，飞是享受的诗意行为，跳却是无奈的逼迫选择。

"嗨，想什么呢？什么飞不飞的，赶紧起来，咱们玩儿去。"也许这时候，钟玲真的需要出去走走，去看看外面的灯火，去看看外面的行人，去听听喧嚣的人声，看一个个鲜活的世俗地活着的人。陆丹心说着伸手去拉她，她却一动不动。

"你知道吗？丹心，我一个人坐在这里，黄昏到来的时候，我看到云层一点点变成黑色，一点声音都没有，好安静好安静，我竟然一点都不悲伤，没有任何感觉，感觉这世界静止了，只剩下我，我自己都能听到自己的声音了。有那么一刻，我突然想，从这里飞下去，真的，我想那种感觉，一定一定美极了，一定是轻柔柔的，像躺在云朵上，如果真是那样的话，也许我还能找到我爸爸。不，我爸爸可能认不得我，他走的时候，我还太小太小，我也认不得他，那时候我还不会认人。可是，我们一定会找到对方的，因为我是他的女儿，他是赋予我血肉的爸爸呀！"钟玲说得很慢，陆丹心却插不进话，因为她不知道说什么，只是静静地听着。

等钟玲说完，陆丹心吸了一口气，她心里很吃惊，因为当她和马力在床上喘息的时候，当她和马力在沙发上耳鬓厮磨轻言软语的时候，当她和马力在一起品尝美食、相互喂食的时候，当她和马力依依不舍抱了又抱舍不得松开对方的时候，眼前这个女孩，随时都可能纵身一跃，然后如她所言，"飞"了下去。这是多么恐怖的事情，也许你去洗手间上个厕所，半分钟的时间，你身边的一个人，就可能离你而去。如果是那样，将如何面对？

"钟玲，你脑子里想什么呢？不许你这么想，不许整天想这些乱七八糟的事情！你不要吓我，不要吓我，好吗？好吗？"陆丹心都快哭出来了。她是真的怕，因为，在这个偌大的学校里，钟玲是她最好的朋友。

突然，阳台上的灯亮了，灯光照着钟玲有些惨白的脸。

原来是钟玲反手按了墙壁上的开关。

"你怎么了亲爱的？"钟玲突然反问陆丹心，"你看你眼睛都湿了，你怎么了？谁欺负你了？"

陆丹心瞬间头皮都发麻了，为什么钟玲这样问自己，难道她不知道刚才自己怎么了？那跟自己对话的人是谁？一大堆问题，困扰着陆丹心。她定定地盯着钟玲，想从她的眼神里看出什么来，可她一无收获，钟玲一副完全不知情的状态。

"你没事吗？"陆丹心问道。

"我没事啊，你怎么了嘛？"钟玲反问道。

"你确定你不知道自己刚才干吗了？"陆丹心又问。

"我刚才干吗了？"钟玲再反问。

陆丹心脑海一闪，精神分裂，难道钟玲精神分裂了？她站起来，说："没事，快进屋里来吧。"因为蹲得有点久了，陆丹心站起来的时候脚麻得不行，完全没有力气支撑自己的身体，所以她的身体剧烈地向侧边倾倒。

钟玲见状，赶紧一把拉住她，问道："亲爱的，你到底怎么了？"

经过这一次，陆丹心才认认真真地留心起钟玲的行为来，不留心还好，一留心果然发现钟玲和以往很多不一样，确切地讲，是很多值得怀疑的地方。比如她会突然失神，像灵魂出窍一样，眼神空洞，毫无生机，但一会儿又像死而复活了一样精神起来。比如她有时候会突然说出一句话，完全莫名其妙的不知所云的话，过了一会儿问她说什么了她又想不起；比如她脾气有时候突然很坏，眼神里充满了火一样东西，像要杀人一样的恐怖……

更离谱的是，有天晚上陆丹心和杨菲菲都睡得正香，钟玲突然一个激灵从床上弹起来，半坐在床上，不说话，也不发出任何声音，把陆丹心和杨菲菲都吓得差点叫出声来，持续几十秒后，又啪地倒了回去，接着睡觉。第二天给她说起，她还说是骗她玩的，完全不知道晚上的事情。

总之种种迹象表明，钟玲的大脑受到了很大的刺激，而这种刺激，很有可能是因为陆平三番五次的折磨与打击。因此陆丹心邀约杨菲菲去找陆平，打电话陆平不接，他们就跑到陆平所在学院去找，一楼一楼地找，办公室和教室都不放过。陆平正在给学生上课，滔滔不绝地讲着宗教学。

陆丹心和杨菲菲站在教室门口，盯着讲台上的陆平。陆平发现她们后脸色变了一下，叮嘱学生们自习，就走了出来。

"你们俩来干吗？"陆平冷冷地问。

"我们只是想要告诉你，钟玲要是出什么事，你陆平脱不了干系。"陆丹心说。

"我们俩已经分手了。"陆平依然冷冷地说。

"钟玲现在精神已经有些不正常了，你最好识趣点，想点挽救的法子，否则后果自负。"杨菲菲说，"别以为女生好欺负，别以为一个普通的学生拿你这个老师没有办法。"

听说钟玲精神出问题，陆平像没事一样。"我说什么事呢，她呀，就是那个脾气，一不开心就神神道道的，我见过几次了，能有什么事，又死不了。"

"你见过？你见过你他妈还那样刺激他，你还是不是人啊？"陆丹心一听，气愤地说。

陆平说："我要上课了，请你们离开，不要打扰我。"说着转身进了教室，随手把门关上了。

陆丹心实在是忍不住，飞起一脚，教室门瞬间就被踢开了，教室里的学生和刚走上讲台的陆平都被吓了一跳，呆呆地看着陆丹心，不知道陆丹心要干吗。陆丹心当门一站，用手指着讲台上瞠目结舌的陆平，大声说："你们看清楚，你们的这个老师，陆平，衣冠楚楚的禽兽，害人终害己，他会得到报应，会得到报应的……"

全班瞬间哗然，几十张嘴巴像被人指挥一样张得大大的，发出喧哗来；几十双眼睛像被人牵引着一样，一会儿看看讲台上窘迫的陆平，一会儿看看气势汹汹的陆丹心。

陆平被惹得气急败坏，大声喊着："滚开，不要打扰我的课堂。"

陆丹心也大声回敬他："陆平，记住我今天的话，你会遭报应的！她要是有什么三长两短，我陆丹心不会放过你。"

陆平见轰不走陆丹心，只好大声呼叫保安，小小的教学楼里回荡着他们俩的声音，隔壁教室的老师和学生都纷纷走出来看究竟。杨菲菲担心陆平真的把保安喊来，到时候给她们一个扰乱课堂，扰乱公务的罪名，记一个处分，那就划不来了。

于是赶紧上前，拉着陆丹心往外撤。

陆丹心被杨菲菲拖着，却不想走，挣扎着，边往外走边大骂："陆平，你个王八蛋，你会不得好死的！你给我记住，你个人面兽心肮脏的伪君子……"

"好啦，丹心，他已经听不到了。"到了楼下，杨菲菲放开陆丹心说，"差不多就行了，你看全院这么多人都看着呢，你今天真出名了。"

"出名就出名吧，陆平这个杂种，我恨不得灭了他。"这个事情，硬生生把陆丹心从淑女逼成了泼妇，当着上百人的面，面子也不要了，形象也不要了，痛痛快快地把陆平教训了一遍。

被陆丹心骂了一顿后，陆平似乎有点良心发现，给钟玲打电话，可第一遍钟玲没接，第二遍直接挂了，然后就关了机。"让他去死吧！"钟玲说。

钟玲的问题越来越严重，严重到杨菲菲都想要逃跑了。因为钟玲有时候会像变了个人一样地露出很恐怖的一面。也不知道是谁多嘴，班上同学间悄悄地传递开来，说钟玲因为失恋疯了。

那天钟玲依旧没去上课，放学后杨菲菲和陆丹心一起往回走。杨菲菲走着走着突然说："陆丹心，我觉得这个寝室我住不下去了，有时候晚上都睡不着，总觉得要发生点什么，我很害怕，我想搬出去住了。"

陆丹心看了她一眼，说："人家钟玲现在这样了，你就想着搬出去，现在她可是最需要人陪伴的，我们怎么可以这样呢？"

杨菲菲说："可是我是真的害怕，何况张天早就给我说希望和我住外面了，你知道张天很爱我、很黏我的。"

陆丹心没好气地说："随你便吧，反正我是会陪着她的。"

"要不，我们告诉班主任，钟玲这个情况，早点告诉班主任早点好，也许需要上医院，我们这样隐瞒着也不是办法，对不对？"杨菲菲快步跟上因不开心迈步走在前面的陆丹心。

"告诉班主任？那钟玲怎么办？那样也许她会被送去医院，一个人更加孤独了。"其实这个问题陆丹心早就想过了，可是一旦把钟玲送去医院，她一个人将如何面对？

两人刚走到寝室所在的楼层，就听到有人在哭泣，号啕大哭的那种哭，楼梯处有好多人围在一起。陆丹心和杨菲菲你看我我看你的，突然想到了什么，快步赶了过去。只见钟玲光着脚坐在楼梯上，头发散作一团，睡衣也乱乱的，连扣子都扣错位了，睡衣上部分敞开的地方直接露出了胸部。围观的人们冷漠地看着，一言不发，其中有好几个还是熟悉的，在路上遇到还会热情地招呼一声的那种人。

陆丹心看到一群人这样看着钟玲，有的人还拿出手机来拍照，气就不打一处来，赶紧扒开人群，冲傻傻的杨菲菲喊："杨菲菲，快来帮忙啊！"又冲围观的人群叫："看什么看，

240

你们这些人怎么这样？还拍照！"

　　围观的人并没有因为陆丹心的话而走开，反而好几个人发出了轻蔑的一声"切"。杨菲菲说："你们怎么这样？为什么都不帮一下她的忙呢？"说着帮钟玲把衣服扣好。

　　人群中有人说："关我们什么事啊？"

　　陆丹心和杨菲菲一左一右扶住钟玲。"钟玲，走，我们回寝室。"钟玲不走，被她俩一拉，索性身子一软，像条死鱼一样软软地搭在台阶上。

　　"我们回寝室呀，钟玲，不要哭了好吗？"杨菲菲哀求地说。

　　这时候，旁边传来了一个女生打电话的声音："亲爱的，我啊，我在看好戏呢，我们这层楼有个疯子，衣衫不整地坐在台阶上哭，好多人在看呢。什么？你要看，那你等等，我给你拍照。"那女的拿着电话，对着陆丹心、钟玲、杨菲菲三人就要开拍。

　　陆丹心猛地站了起来，飞快地一个迈步，一巴掌打在那个女生的手臂上，差点把她的手机打掉。人群发出哦的一声起哄。

　　"拍什么拍，有病吧你？"陆丹心大骂道。

　　那女生没想到陆丹心会这样，被吓得不轻，赶紧收了手机，也不说话，悄悄地站在旁边。

　　陆丹心和杨菲菲好不容易才把钟玲弄回寝室，用热水帮她洗了脸，可钟玲就像被什么药迷住了一样，也不和陆丹心和杨菲菲说话,一会儿哭一会儿笑的。没办法,陆丹心只好给班主任打了电话,把钟玲的情况如实报告了。

班主任很快赶到,看了钟玲的状态,把电话打给了学院领导,商量了一下,给医院打了电话。在钟玲被送往市专科医院的路上,班主任也通知了钟玲的妈妈。诊断结果表明,钟玲精神失常了,也就是常人所说的疯了。

班主任把陆丹心和杨菲菲叫到人少的地方,询问钟玲发病的情况,陆丹心一五一十毫无半点隐瞒地说了,包括钟玲和陆平的事情。班主任听了很生气,大骂陆丹心和杨菲菲分不清轻重,这种事情竟然隐瞒不报。骂得陆丹心后悔了,骂得杨菲菲眼泪都打转了。

末了,班主任说:"你们俩这两天不用上课了,就在医院陪着钟玲,直到她家人到来。"

在医院的一天一夜里,陆丹心和杨菲菲轮换着守着钟玲,一人守的时候另一人就去趴在旁边休息。钟玲似乎一直未睡,精神反复无常,实在闹得不行了,护士就来给她打针。打过针后的钟玲安静是安静了,只是像个傻子一样。

第二天中午,钟玲似乎又正常了,问陆丹心她在医院干吗。陆丹心耐心地给她说她生病了,需要好好养病。她笑笑,客气地给陆丹心和杨菲菲说谢谢,说没有她俩的话,她自己会不知道怎么办的。眼看钟玲正常了,陆丹心就问她想吃什么,她说饿是饿了,但是不知道想吃什么。

陆丹心出去买了些粥，回到病房的时候，看到杨菲菲跷着腿在玩手机，而钟玲靠在床上塞着耳机听歌。看到陆丹心，钟玲高兴地说："亲爱的，回来啦，带了什么啊？"

陆丹心把粥递给她，让她快吃。她把耳机取下来，递给陆丹心，说："你听歌呗，好好听，我好喜欢。"

陆丹心接过耳机塞在耳朵里，瞬间内心一惊，头皮发麻，只听见一个奇怪的声音，唱着一首外文歌，因为曲调和语气都怪异，所以陆丹心听不清楚歌词，只觉得出一种摄人心魄的绝望情绪。歌名显示，这首歌叫《绝望的星期天》。

听着歌，陆丹心眼前竟然浮现出第一次发现钟玲不对劲的那晚上在阳台上的场景，她不禁打了个颤，摘下耳机。

钟玲边喝粥边问："好听吗？"

陆丹心不自在地说："嗯嗯，好听。"说着拿过钟玲的手机，把那首歌删了。

第二天天快黑的时候，钟玲的妈妈就赶到了医院。据说她先是从县城赶汽车到省城，买了最快的机票，就飞了过来，下飞机饭都没吃就打车来了医院。钟玲妈妈跟钟玲很像，低眉垂眼的，看得出来，生活中不是张扬和强势的人。见到陆丹心和杨菲菲，一个劲地说感谢的话。

钟玲见到妈妈，吃惊地问："妈妈，你怎么来啦？"

钟玲妈妈握着女儿的手说："孩子，不怕，妈妈来了，不用怕了。"

钟玲在医院一住就住了近一个星期。学校垫付了所有费用，为钟玲妈妈在医院附近找了方便又舒适的酒店，以便她好好照顾女儿。

陆丹心和杨菲菲也每天下午下课后都去医院看钟玲，陪她说话，给她说学校里的事情。有时候他们搭乘去往市区的唯一一路公交车，一路颠簸拥挤地去到市中心，再转车去医院；有时候他们跟着班主任，坐班主任的车去。每一天都如此，一连四五天。

这期间陆丹心和马力吵了一架，原因是马力想陆丹心去陪她，可陆丹心说钟玲在医院，得去陪钟玲，马力妥协说那你晚上回学校先来我这里，陆丹心拒绝了他，说好朋友这样了哪还有做那事的心情。

原本只吵了几句，但不知为什么，他们竟然打起了冷战，谁也不理谁。

钟玲住院期间，陆平也去看过一次。当时陆丹心不让他进去，因为害怕刺激到钟玲，他就站在病房门口看了会儿，也没说什么，就走了。

住院期间，钟玲依旧时好时坏的，但总的来说，情况是逐渐好转的。后来，学校觉得这样下去也不是办法，钟玲妈妈也觉得没多大问题了。因为钟玲基本上看起来已经好了。于是经学校和钟玲妈妈商量，决定让钟玲先出院，然后由钟玲妈妈带着钟玲回到海南修养，等好了再回来上课。

离开之前，由陆平所在学院领导出面，将陆平和钟玲及其妈妈叫在一起，对他们之间的事情进行了当面了解，并做了详细的笔录。神志清醒的钟玲当场承认了和陆平的恋爱关系，在谈话过程中，她还透露了一段不为人知的痛苦过往，是爸爸在她很小的时候就去世了，而没多大的时候有一次姑父趁妈妈不在家把她给强奸了。这些事情给钟玲造成了极大的精神打击，也曾一度精神失常。也就是说，这已经不是钟玲第一次精神失常，陈年过往里的那些不好的事情，给她往后的人生留下了太大的阴影。

这些事情让陆丹心很是震惊，她从没想过身边的钟玲会承载着这么多的痛苦，同样是美好的年岁，她却过早地被这个社会的丑恶所袭击。

临走的时候，钟玲妈妈和钟玲都回了一趟学校。她回来的那天，一层楼的女生们都鬼鬼祟祟地从门外探头进来想看究竟。离别的时候，在学校的广场上，陆丹心和杨菲菲去送，钟玲抱着陆丹心不松手，说了好多话，好像要把能说的都说完。陆丹心说："亲爱的，别哭啦，我们等你回来，一起上课，一起玩。"

"你们都要好好的，好吗？"学校负责送钟玲和她妈妈去机场的车开动的时候，钟玲突然伸出手，摆着手大声说。

等车开远了，杨菲菲早就哭成了泪人。"以前吵来吵去，等到离别，才发现多么舍不得，早知道这样，那时候吵那么多架干吗？"

陆丹心说："走吧，会回来的。"

可，钟玲，终究没有回来。她一去不复返，从异乡到家乡，从一个世界去了另一个世界。

23///

钟玲自杀的消息，是杨菲菲告诉陆丹心的。

那时候她远离学校，和马力在一个小古镇里。

在此之前，她和杨菲菲大吵了一架。有一天中午，杨菲菲下课就不见了踪影。等她再出现的时候，脸又红又肿不说，还潮湿一片，一看就是哭着回来的。她一进门走到陆丹心面前，二话没说，劈头盖脸就是左右几耳光打在陆丹心脸上，打得陆丹心是丈二和尚摸不着头脑，不知道发生什么了。

"你干吗啊？"陆丹心好不容易才躲开，大声质问她。

"我干吗？你说我能干吗？我干吗，你不清楚？"杨菲菲边说，边向陆丹心走来。

陆丹心说："我真不知道我干吗了，你凭什么打我？"

"凭什么？你为什么出尔反尔，说话不算数？你亲口答应我的为我保密的，你为什么做不到？"

陆丹心可真是无奈了，她说："我是为你保密了啊，我谁也没说。"

"你当我傻子啊，你是唯一知道我秘密的人，不是你泄密，还能是谁？"

"别嚷嚷，怕天下人不知道啊？我真的没有泄密，我不是那样的人，你倒是说说怎么回事？"

原来，那天还没下课，杨菲菲的干爹就来了。杨菲菲很不想见他，可他来了没办法，所以一下课就去见他了。他把杨菲菲拉到学校附近的一个快捷酒店，一进门就粗鲁地把杨菲菲扒光了，完事后杨菲菲去洗手间冲洗，再出来的时候，就看见干爹脸色很差，不发一言，抓住杨菲菲就是一顿暴打，边打边气急败坏地问：谁是天天，天天是谁？——这就是为什么杨菲菲脸红肿的原因。也就是说，他知道杨菲菲背着自己谈恋爱的事情，他像是个有钱的君王，无法忍受自己的女人有其他男人，所以他把杨菲菲打了一顿，打发她滚回来了。

陆丹心知道了发生的事情，说："我向你保证，杨菲菲，我真的没有泄密，再说了，我跟你那个什么干爹根本就没有联系，我不可能告诉他。"

"还狡辩，知道我和他关系的人，只有你一个，你就算有千万张嘴，也为自己开脱不了，你就老实说吧，你是不是也想把自己卖给他，先把我赶走？你这个贱货，你一定是这样想的，你看他有钱，想着把自己卖给他，一定是的。"

这话激怒了陆丹心，前几天钟玲的事情，已经让她打破了底线，所以这个时候，她完全不管一切了，照着杨菲菲的脸，就是一耳光打过去。杨菲菲被打得捂着脸蹲在了地上。

"我告诉你，杨菲菲，我不是你说的那样的人，我不是你，我也没有告密，你和他的破事，与我半点关系都没有，请你不要诬赖我，随你怎么想，刚才这耳光，与你刚才打我那几下，差太远了。"说完，头也不回地提着手提包出了门。

走在正午时分烈日当空的校园里，陆丹心心里很乱很乱，委屈一下一下地袭击着她。这些时间里，先是因为钟玲而操心劳神，因此又和马力吵了架正进行冷战的煎熬，这些事情还没完，又出现杨菲菲这档子破事。陆丹心突然觉得好累好累，好想逃离这个地方，去一个没有人的地方。她想起有次在市区兼职后在路边等马力来接时的那个念头，想和马力去个没人认识的地方，可以光明正大牵手拥抱，可以毫不顾忌地黏在一起。

这是冷战多日后，陆丹心主动给马力发的第一条短信，发短信的时候她心里想，你个该死的马力，还真沉得住气。她说："我想出去走走，去远一点的地方，马上就走！一刻也不想待下去了，我想你陪我去，如果不想，就算了。"

几分钟后，马力回信息："可是，你不上课吗？你请假了？我还有课呢，这几天都有。"

陆丹心哪有时间和心情去请假，对那一刻的她而言，最要紧的事情，就是离开，离开，以最快的速度离开这里。看到马力的短信，她有些不高兴，这么多天，他竟然没有主动联系过她，这一刻，他还在顾虑这顾虑那。她说："那你好好上课，我自己去！"

发出短信，她在路边拦下一辆出租车，直奔火车站。去哪里呢？在手机里，她查了一下，最近的一趟火车，可以去往另一个少数民族州，在那里转汽车，无须多久即可去一个一直都想去但没机会去的古镇。于是她想也没想就订了一张票。

半个小时左右，陆丹心快到车站的时候，马力来短信："你在哪里？我去找你！"

陆丹心回复道："不用了，我已经快到车站了。"

马力说："等我，我马上赶来。"

马力终于还是赶来同她一起。见面的时候，他们谁都没有说话，只是一前一后地走着。取票，检票，候车，上车。在火车上，陆丹心依偎在马力的身上，看外面倒退而去的风景，马力有时候说些无关紧要的话题，有时候沉默着，把零食递进陆丹心的嘴巴。三个多小时，他们下火车，已经下午时分。然后他们以最快的速度去最近的客车站，买下一张去往古镇的汽车票，两个多小时后，他们于黄昏时分抵达古镇，找到沿河的一家客栈，住了进去。

整整两天多时间，陆丹心手机关机，把一切烦琐之事抛在了脑后。在宁静的小古镇里，他们做一切他们想做的喜欢做的事情，在木质结构的客栈大床上听着嘎吱声做爱，在可以望见蜿蜒小河与一众古镇民居的阳台上依偎看景，在黄昏时分的河边嬉戏或者划船穿越古镇……陆丹心把之前想做的一切都做了，这让她满足和幸福。虽然在很长时间里她和马力都只能地下党一般谈恋爱，但这些日子的相处，足以填满那些委屈。

"你爱我吗？"

"你会娶我吗？"

她问过马力这些问题，不仅仅一次。他终于在黑暗中的大床上，抱紧她说："我不想回答这样的问题，我也不会和你结婚，一来是离过一次婚，不想再蹚婚姻的浑水；二来是我们的年岁差距实在太大，你懂得我的意思。"

"那你是否爱我？"陆丹心问他。

"爱又怎么样？不爱又怎么样？我们在一起，彼此拥有，无论是精神，还是肉体，都得到满足，取得我们要的愉悦感，这不就好了？"黑暗中，陆丹心看不清他的脸，但陆丹心心里想，此刻，他的脸上定然是面无表情。

他不爱我。陆丹心脑海里突然这么想。也许于他而言，只是这枯燥的生活中，需要一个伴侣，甚至可以说，仅仅是需要一个性伴侣，慰藉中年却不服输的身体。这种可能不是没有，刚好陆丹心年轻漂亮，通情达理，又懂得如何享受性爱。

很多时候，陆丹心坚信身边这个男人是爱自己的。但这一刻，她内心镇静，眼泪在黑暗中悄然滑落，滴落在枕着的他的手上。他有感觉，她知道他一定感觉到自己的热泪，因为他的手过于敏感地动了一下，复又恢复静止，像不曾接收她的讯息。这个小举动，让她真切地感知到了，是的，也许他真的不爱自己了，至少这一刻，他不曾为自己的眼泪心疼。

陆丹心翻转身体，拉开枕着的他的手，在黑暗中打开手机。两天没有开机了，开机后的数秒里，手机像个满腹牢骚的人，响个不停。有来电未接提醒，显示班主任和杨菲菲都打了好几个电话过来。短信里班主任质问她为什么不去上课，为什么不请假，又换了语气发短信说我的小公主你可是开机呀，你要是出事了我要负责的。

杨菲菲也来了好几条短信，她先给陆丹心道歉，说错怪了陆丹心，她和张天的事情被干爹知道，完全是因为那天她和干爹折腾完之后，自己去洗手间清洗的时候张天正好发来短信，被干爹无意中看到了。她求陆丹心原谅她，并说她已经和干爹摊牌了，完全结束了和干爹的关系。这些短信的时间显示在一天前。

其中有一条，来自当天下午，简短的字，一语道清，说："你到底在哪里？钟玲出事了，她自杀了。"

陆丹心的脑子里轰的一声，这个消息如同晴天霹雳，将陆丹心震惊了。她双手颤抖着，拨通了杨菲菲的电话，确认了消息的真实性。杨菲菲说，学校的领导已经奔赴海南处理这个事情了，据说钟玲回去后，情况又严重了，先是割腕，被她妈妈发现及时送往医院抢救，出院后在家里喝农药，等发现的时候，已经完全没有了气息。杨菲菲说这些的时候，说到最后已经完全泣不能言，她说："丹心，为什么？为什么会这样？"

手机滑落在床上，屏幕亮着，照着陆丹心的脸，一片惨白。她实在无法接受和相信这样的事情，眼泪止不住地流了下来。耳边响起那天在医院里钟玲给自己听的那首诡异的歌，想起分别之时钟玲那句告别，心里痛得无法呼吸。难道，她走的时候，已经做好了这样的决定？钟玲呀钟玲，你为什么可以这样？你这样了你妈妈怎么办？你让我们如何接受这个结局？陆丹心闭上眼睛，再也止不住声息，放声大哭起来。

那一夜陆丹心彻夜未睡。马力倒是问起她出了什么事？没有急切，连朋友间的那种温暖都没有。他终究是不爱她了，或是，他终究不曾爱她。但他爱她的身体，二十余岁年轻姑娘青春活力晶莹剔透的身体，对任何一个老男人而言，都是充满魅力的。那现在呢？也许是他厌倦了。

她没有告诉他什么事。这些事情，没有必要告诉他。凌晨五点，她就起身收拾，事实上根本没什么行李，出发的时候就一个手提包，古镇上买了些纪念品和特色小吃，其中有古色的手珠串子，买的时候是想着钟玲的，以为这样沉静内敛的串子，最适合钟玲安静沉和的气质。翻出来一看，眼睛又潮湿起来。

后来她走在阳台上，看清晨中的古镇。有薄雾升起，远近没有人声，对面的山里传来狗吠。后来渐渐有了一些人，在楼下的河边走，有妇女拿着毛巾洗脸，穿着少而又少的衣服，身体的轮廓若隐若现。河雾塑造朦胧之美，但于她，已无任何趣味。

马力在身后起床，穿衣，穿鞋，在洗手间洗漱，流水声传入耳朵。她没有回头，这样的场景，虽然这两日都见过，但这一刻，竟然感觉得内心的不自在，有恶心之感。这个她爱的男人，起床后，沉默着做自己的事情，没有一句温暖的话，哪怕一句早安。

她又想，他终究不爱我。这么说来，我和钟玲又有什么不同，一样的悲戚，一样的可怜，自以为爱了，却终究是不爱。倒是杨菲菲好，花着一个男人的钱，爱着另一个对自己好的男人，什么都不曾落下。所以说女人一定要坏一点、花一点，凡事多留个心眼，多为自己留条后路。人生苦短，情爱这事，也是如同美食，能多一点，当是一点。这想法把她吓了一跳，虽然历来认识她的人都认为，漂亮优雅如她，定然是不缺男人，可只有她自己清楚，这美貌之下，付出的每一分，都是真心。

他一切完毕，说："今天去哪里玩？"他的声音像远处的人语一样，轻飘飘的。

她说："我要回去，马上就走，你可以自己多留些日子，我不介意。"

他和她一同返回，他是日理万机的副院长，上着一门无关紧要但行政部门随时都要查的课程，M大有着几十个学生等着他。一路上都无言，好像彼此都把话说完了。下了火车，挤过拥挤人群，他说还有事，晚点再回学校。她说："好。"就没有要说的话。她独自打车回M大，回到学校，已是下午五点多，日光西斜。

杨菲菲对陆丹心的行程充满质疑，她追问陆丹心去哪里了。陆丹心不打算告诉她这些天的行踪，只说："心情不好，出去走走。"杨菲菲知道陆丹心的消失，与自己有着千丝万缕的关系，于是小心翼翼地道歉，把短信里的事情，又都重复了一遍。

"钟玲的事情，你是如何知道的？"陆丹心更愿意了解这些。

学校传出来的，也不知道是谁先说的，总之钟玲自杀的消息，几乎几分钟内就传开了。学校接到消息，校领导带着几个人直奔海南而去，结果在当地被钟玲的家属堵住了，其中一个校领导还受了伤。末了，杨菲菲肯定地说："这事肯定没完。"

"为什么？"

"因为学生里边已经流传开来了，说是因为陆平使用巫术，迷惑了钟玲，导致钟玲精神失常自杀的，陆平脱不了干系。你还不知道，这件事情一闹，好多人都表示，曾经遇上陆平这个人搭讪，没办法，陆平长成那样，样貌太典型了。关于陆平搭讪的情节，都惊人地相似，其中有几个典型，一个是在食堂，某女单独一人坐着吃饭，陆平去坐在她的旁边，说，同学，你是不是心情不好，看你印堂发黑，怕是有什么不好的事情，我有一种心经，可以帮你驱逐心魔，那姑娘一听怕了，饭都不敢吃，跑了。除此之外，操场、路上、小吃街饭店，甚至校门口的国家湿地公园，都留下了他搭讪别人的事迹。这事如果所有被搭讪的女生出来质证，你说陆平会不会落下个玩弄妇女的罪，这可是犯法的？"

"现在学校里什么情况？"

"你出去楼道里面，慢慢走一遭，就知道了。"

"这事情陆平有着不可推卸的责任。没有陆平，钟玲就不会这样，陆平应该为此付出代价。"

"空口无凭，有什么办法呢？"

钟玲的事情，果真在学校里产生了巨大的影响。杨菲菲说得没错，单单出门在楼道慢慢走一遭，就可以听到每个寝室都在谈论钟玲的事情。他们有的义愤填膺，声声都是要把禽兽老师陆平法办；又有的神情悲惋，说可惜了这么个花季少女。可是没人记得钟玲，没人记得前不久在楼梯上一会儿哭一会儿笑的钟玲。有时候，一个人的死亡，仅仅是为了他人表现自己的气节充当了一点佐证。或者，作为一种谈资，供无聊的寝室生活消遣。

晚上的时候，班长通知全班紧急开班会，班主任见到陆丹心的第一句话是："你这两天死哪里去了？"说出口后又觉得有些失礼，小声说："你个陆丹心，要急死我啊！"

开会是因为钟玲的事情。班主任神情严肃，告诫同学们，不要参与钟玲事件的讨论，该学习学习，该吃饭吃饭，别到网上去滋事。想来学校是要准备封锁消息，试图将事件的影响扼杀在校园里。但学生并不理解这样，当班主任说到一半的时候，班里已经闹哄哄的了，他们大多和钟玲从无言语，有的曾不止一次地嘲笑钟玲的爱情，还有的曾抱着看戏的姿态围观过精神失常的钟玲，可这时候，他们都以惊人的契合度，变成了一个浑身充满正义感的人。

他们大声说着，为什么不允许说，学校有责任就应该负责，我们要信息公开，我们要知道事情的真相。班主任说，不服管也可以，到时候拿不到毕业证学位证可千万别来求我。教室瞬间就安静了，在学位证和毕业证面前，钟玲的死，其实是微不足道的。

班会结束后，班主任又找到了陆丹心和杨菲菲。

"钟玲的事情，你们比我还要清楚，你们俩是知道的，可信度也很高，别人怎么讨论我们没办法，但是你们俩千万千万不要搭进去，因为你们随便一句话，有时候仅仅是因为你们的情感无法控制而说出来的有失偏颇的话，都可能对学校造成不利影响，希望你们都懂得。"

陆丹心说："这件事情，陆平有不可推卸的责任，我们是知道的，陆平反复的折磨，才导致她精神失常。"

"对啊，这应该追究陆平的责任。"杨菲菲也愤愤不平地说。

"你们懂什么呀？"也许是因为陆丹心和杨菲菲都没有听进自己刚才的话，班主任有些生气，声音也提高了好几个分贝，大声说："钟玲是回到家自杀的，与学校还有什么关系？她自己也承认了和陆平是恋人关系，不存在欺骗和性骚扰。何况钟玲本身就有精神病史，再说了，他们都是成年人，成年人谈恋爱自己要为自己的选择负责任。"

陆丹心不打算和班主任有过多的争论，钟玲魂已西去，现在讨论这个还有什么意义。但她心里知道，陆平确实是钟玲事件中逃不了干系的一个人，他应该为自己对钟玲的反复折磨付出代价。

24 ⁗

学校想从钟玲事件中抽出身来，所以手忙脚乱，选择了封锁消息这一笨拙的手段，试图阻止学生参与讨论。可很多时候，越是阻止，越是难以把控。就好比想要使劲握住一把沙子，结果往往是因为太用力而把沙挤出了手掌。信息的不公开不透明，造成了学生的不理解。

当天晚上，网络上就有了钟玲事件的讨论。导火索是署名钟玲母亲的一封读起来悲恍的致学校的公开信，穷尽词汇描述自己及家人在钟玲去世后的悲伤，以及对不良教师陆平的控诉和对学校管理不善的控诉。公开信称，钟玲是好好学习的乖乖女，被不良教师陆平巫术拐骗，施加法术，才导致精神失常而自杀。公开信认为，M大在这个事件中有着不可推卸的责任，因为M大招录了陆平这样的道德败坏的老师。

这封公开信发在某大型网站上后，一石激起千层浪，舆论瞬间一边倒，纷纷要求M大交出陆平，将陆平法办。学校在这方面是无能为力的，首先是没有任何权利控制陆平本人，因为从客观上来讲，当事人双方都是成年人，确实也是正常恋爱，学校没有任何权利干涉。更无力的是，钟玲出事后，陆平就消失了，找不到了。

公开信很快就被转到各个网络平台，很多自称钟玲高中同学，表哥表姐，以及不认识钟玲但是看了公开信后异常愤怒的普通网民，参与了这场讨论。再然后，学校的贴吧也热闹了起来，很多自称是钟玲大学里最好的朋友，说他们认识的钟玲是一个开朗活泼、心理健康的好女孩，如果没有陆平，她断然不会这样。

在这场事件中，被推上舆论风口浪尖的，除了陆平，就是M大了。基本上，全校的学生，有超过百分之七十的人都一致认为，过错在校方。甚至一度有人忘掉了陆平这个人。关于钟玲的自杀，也被误传了新的版本，说钟玲其实是在学校寝室里自杀身亡的。各种谣言越传越离谱。

陆丹心在深夜里打开电脑，看网上的讨论，突然感到悲哀。她不知道，一向内向的钟玲，什么时候有了这么多热情的充满正义感的大学同学。当她看完那封公开信的时候，内心更加悲伤了，往日里和钟玲在一起的细节点点滴滴地被回忆起来。如果这一切不曾发生，有多好。她又想起钟玲的妈妈，虽然没有长久相处，但感觉她是温驯随和的人，能写出这样的公开信，想来是因为内心太悲伤，其一心要为女儿讨个公道的决心也在字句间显露。

随后网络上又出现为数不多的一小拨人，他们自称是陆平的朋友、学生，纷纷发帖称陆平是一个乐善好施的人，他心地善良，在钟玲这个事件中，他是无辜的。于是两拨人针锋相对地吵了起来，人身攻击随处可见。其中有一个人自称是钟玲的表弟，扬言如果M大不负责的话，将炸掉M大，后面跟着一群自称M大学生的正义之士回帖支持，甚至提供了M大校党委书记的照片和电话之类。

跟网络上的人们不一样，陆丹心清醒地知道，不管怎么说，她得为钟玲做点什么，那就是让陆平付出代价。她很清醒自知，但她却无能为力，因为，陆平已经失联不知去向。据说有几次电话联系上他，他一会儿在广州，一会儿在河北。总之也就是两三天时间，他的行踪飘忽不定，然后就再也找不到。据传他曾在读博士之前在某公安部门实习一些时间，具备一定的反侦察能力。种种言传不知真假，但唯一可以肯定的就是，学校都已经找不到陆平了，更别谈陆丹心这样一个弱女子。

根据学校的建议，钟玲家属组团来到了清溪，进行当面谈判。据说是因为上一次学校领导带队赴钟玲老家当地解决问题，问题没解决不说，反倒被围攻，这事当地派出所有备案，因此不敢再贸然前去，所以邀请对方来学校谈判解决问题。

几天后，一支十八人组成的，整整齐齐地穿着印有统一字样"M大草营人命"字样的白色T恤谈判队伍，刚下火车就被学校的大巴车接到了清溪郊区某家处于半山腰上的酒店里。而这十八个人中，并没有钟玲的母亲，除了一名身强力壮的中年男人和一名三十岁左右的年轻女人外，其余十六人皆为老弱病残。他们一下车就哭个不停，大声控诉学校，吵得酒店里的其他客人心烦不已，却又不敢说什么。

谈判进行了好几场，都没有结果。开始的时候，校方谈判队一进入酒店，立马就被包围起来，十八个人七嘴八舌，道理没说，都是些暴戾的话。几场谈下来，校方代表身心疲惫，已经完全被对方磨得没有任何耐心，称双方情绪都不好，不利于理智谈判，建议第二天再谈判。

作为钟玲的生前好友，陆丹心和杨菲菲都被批准旁观了第二日的谈判。开始依旧是人声喧哗的大闹，根本听不清说什么。后来，校方建议对方派代表两到三名，在酒店的会议室谈判，其他人在酒店房间等消息，谈判才真正进入主题。正常谈判进行了五六个小时，整整一个下午，双方都在谁该为这件事情负主要责任上兜转。

校方自然是觉得自己是没有任何责任的，两位来自法学院的教授从法律的角度对钟玲事件进行了详细的分析。但家属方认为学校应该负主要责任，因为陆平是学校的老师，作为一所大学，竟然招录如此品行有问题的人当老师，本身就是失职。再就是学校管理不到位，在钟玲事件中没有积极应对，也没有主动关心学生。校方称在这个事件中已经尽职尽责，发现问题后第一时间把钟玲送去了医院，垫付了医药费，钟玲自杀后，校方赴当地的处理小组还支付了一定的人道主义赔偿金。但家属方矢口否认，称校方对此事不管不问。

家属方谈判的两人，正是这十八人中仅有的两名年轻人，他们像是经过周密思考，在谈判中应对自如。他们说："我们都是来自乡下的小老百姓，我们对法律不了解，我们只知道，我们辛辛苦苦拉扯一个孩子长大，砸锅卖铁把她送进大学，进来的时候好好的，开朗活泼的一个大姑娘，但是是学校让她变成这样，这一切都是在学校发生的，学校必须为此事负责。"谈判中，家属方一口否认了钟玲小时候被强奸而一度精神失常的事情，称此事从不存在。认为谈话当时钟玲并不清醒，而这一切都是在学校的刻意引导下说出的，是学校为了推卸责任而有意为之的行为。

校方代表表示不能接受，告诉对方可以选择司法程序，按照法律来办事。这句话，像火点燃了炸弹一样，点燃了家属方的情绪。很快，原本待在会议室外的家属们，齐刷刷地涌到了会议室，呼天抢地，有的声称不想活了，更有甚者，直接以头撞墙。现场乱作一团，校方代表很快就乱了阵脚，只好妥协，答应就赔偿金问题进行商谈，才稳住现场。赔偿如同镇静剂，把一群悲伤的家属的情绪稳定了下来，他们纷纷表示要回去休息，等待商谈结果，自行撤离了现场。

似乎到了赔偿金这里，才算进入了最重要的阶段，好像一场买卖，看过了货品，终于到了买家还价的地步。于是，围绕钟玲的死亡赔偿的谈判开始了。像江湖对决一样，唇枪舌剑，刀光剑影，来来回回进行了好几个回合。

第一回合，家属方开口要价，两百万。这个数据惊人到连校方都不敢相信，他们也许太小看眼前的这两名谈判对象了。校方表示，在钟玲出事后，学校曾提供了十五万的人道主义赔偿，赔偿金只能是这么多，因为学校在此事件中，并不负有责任，人道主义赔偿已经仁至义尽。家属方则反复强调，钟玲死亡事件的主要责任方，是学校，学校应该为此负责。这一回合自然没有结果。

　　第二回合，家属方提出九十万赔偿金的要求，称这已经是最低限度，因为钟玲的死亡给家属方带来巨大的精神损失，同时这笔钱也包括了钟玲母亲往后几十年的生活费。校方依然无法接受，校方代表表示在这个事件中校方实在太委屈。其中校方代表说："如果钟玲活着，就坐在旁边，看着我们在这里为这点钱争吵，会怎么想？"话刚出口，家属方中的唯一中年男性突然脸色大变，捂住脸号啕大哭，不断地用头部撞击会议室里面的办公桌，边撞边大声说："玲儿，我的玲儿，你好可怜啊，我不想活啦，你都不在了，舅舅死了算啦……"

　　这一幕发生得太突然了，以至于校方谈判代表和其他会议室服务人员一时都不知所措。陆丹心看到这一幕，心里惊悚起来，不知道会发生什么，平时在网上看到的那些新闻，一幕幕地涌现在眼帘来。而杨菲菲则直接在旁边打起了哆嗦，看起来，她比陆丹心还要害怕。陆丹心心里想，学校怎么这样，人家钟玲已经死了，就不能再给点钱，虽然说起来物质，但至少能安慰一下家属。

家属方的这一举动，再一次让校方做出了妥协，于是谈判进入第三回合，校方决定增加十五万，给予三十万的人道主义赔偿。校方一直重点强调，是人道主义赔偿金，而不是赔偿金，也就是说，即便校方提供了这一笔钱，但不代表这是学校应有的责任。结果是失败。

家属方再次降价，称把彼此的金额折个中，赔偿金六十万。双方在这个数据上争论了很久，后来校方代表外出打了个电话，回来和其他代表耳语了一会儿，答应了六十万这个数据，但依旧强调，这只是人道主义赔偿，而非责任赔偿。家属方倒没再有异议，他们说不管什么赔偿，答应了就好。

也就是在校方答应给予六十万的那一瞬间，陆丹心分明从家属方两名谈判代表的脸上看到了一闪而过不易察觉的得意的笑。陆丹心突然心里突然一怔，感觉这持续半天的谈判，瞬间就跟一场生意谈判没有了两样，原本是追究谁该负责的谈判，却沦为了物质利益的争夺战。

联想到印象中的钟玲母亲，陆丹心突然感觉，这些天发生的一切，都像是被人精心策划过——悲痛欲绝的公开信，大批自称钟玲亲人、好友、同学的网友发的帖子，始终都不走法律程序，以及像是特意挑选过的由老弱病残组成的谈判队，还有谈判中的像是预谋好的一切吵闹、自残的情节……完全像经由演习过一样，目的也无非是逼学校妥协，拿到赔偿金。

这让陆丹心想起数年前发生在老家县城城郊的一件事情，某青年甲正在修电缆，青年乙在不知情的情况下拉上了电闸，正在修电缆的青年甲瞬间被电击而亡，附近的人都知道死因是因为青年乙拉上了电闸，但面对没什么钱的青年乙，所有的人都决定隐瞒事实，纷纷为青年甲家属作证，要求供电公司赔偿。每个人都清楚真相，但每个人都清楚，说出真相，死者家属可能会什么都得不到，青年乙还会因此坐牢，这样毁了的就是两个家庭；但是如果隐瞒真相，获得供电公司的赔偿，那青年乙将不受影响，而死者家属也会得到一笔钱，往后的日子也会好过得多。有时候，为了利益，人们往往选择隐瞒真相，或者说忽略真相，顾左右而言他，冤枉无辜的一方。

虽然在钟玲事件中，学校不是没有一点责任，但真正说起来，这样的赔偿，学校也是冤枉的。毕竟作为成年人的钟玲和陆平，自由恋爱学校无权干涉。事情发生后，作为学校也无权干涉陆平的人身自由，因为学校不是公安机关。

而事实也正是如此，所谓的钟玲家属在得到学校的允诺，签订了赔偿协议后，就完全变了个样。之前密布脸上的悲伤，都一扫而光，好像眼前的一纸协议，便能轻易地扫去他们内心的悲痛。会议室里的气氛也变得热闹起来，不是之前的那种你争我夺的尖锐的火药味的热闹，而是和谐的、温馨的，富于人情味的热闹。谈判双方都和谐地交谈起来，不像是刚刚经过一场谈判，反倒是亲戚朋友久别重逢般的话家常那样。

家属方男代表叹着气说："唉，要是不出咱们玲儿这事，我们也不会坐在这里撕破脸皮，为了这些事情劳神伤心，你们说是不是？"

校方代表的领队，其实就是校长，来自北方的豪爽男子，说："是啊，说起来，我和你们海南，还有点亲戚关系，因为我的儿媳妇就是海南人，这么说来，我和海南，那就是有亲家关系的了。"

家属方男代表说："那您以后一定要多去海南，在我们那里，我们民族的人，都好客得很，您要去了，保证热热闹闹招待您。"他说这话的时候，脸上笑意荡漾，看起来早已把钟玲的死抛之脑后。

陆丹心和杨菲菲起身离开会议室，她突然一分钟也不想在这里多待，那一张张原本博取了不少人同情的嘴脸，在签署完赔偿协议的那一刻起，都变得丑陋起来。而这些哭哭啼啼声称是钟玲家属，因为钟玲的离世而悲痛欲绝的人，真的就是钟玲的家属吗？对于陆丹心而言，这个答案是否定的，他们不像家属，他们更像一群有预谋、有策划的专业谈判队伍，在利益面前可以做出任何伤害自己而逼迫对方乖乖就范的丑陋的人。

在回学校的校车上，陆丹心听说，学校之所以选择拿出那么多赔偿金，是因为学校考虑到前不久才有一个重大项目通过教育部检查，正在公示阶段。另外省教育厅也明确表示，不管怎么处理，不能再出人命，如果再出，那所有的责任，都将转移到M大身上了。

下了车，天色黯淡下来，一天已然走向尾声。杨菲菲下车就迫不及待地去找张天了，陆丹心只身在小吃街买吃的，一只手拿着奶茶杯逆着正往外走的人流向寝室走。那一刻人潮汹涌，纷纷向身后涌去，他们面目不一、人声喧哗，连陆续亮起来的路灯，也都有着各不相同的麻木的阴影。这世间依旧喧闹嘈杂，并不会因一个人的离去，而沉静半分。

任何人都活在自己的世界里。他们偶尔为了展现自身的情绪与正义而声嘶力竭，但会很快忘掉一个不相干的人。无论她是悄然消失，还是壮烈西去，对于更多人而言，都将在茶余饭后的光阴中被不断涌现的话题所替代，所淹没。而记得她的人，将独自承受悲痛。

陆丹心打开寝室门，开灯，看着钟玲的床铺发呆。她的床铺整洁地摆放在那里，像是主人只是出去散个步、吃个饭，一会儿就会回来；像一切已经发生的，都未曾发生。陆丹心记起钟玲要走的那天，把自己的床铺整理了好一会儿，还叮嘱陆丹心，说如果一时回不来，抽个空帮她晒晒被子。她走得那么突然与匆忙，匆忙到没有认真地和与她朝夕相伴的这一切，做一个严肃的道别。

陆丹心突然想，那些无助的日子，钟玲独自躺在这张小小的铁床上，到底都经历了怎样的煎熬？当她拿起刀子割向手腕，当她用手腕缠了纱布的那只手拿起农药瓶一饮而尽的时候，她内心是否有所不舍？如今她一了百了，可是留下来的人所承受的悲痛，她是否曾考虑？从一开始，她的爱情，就是一条不归路，不幸的是，她自己把它走成了绝路。

而陆丹心，你自己的爱情呢？陆丹心站在阳台上，望着钟玲曾望过的远方，心里想。

25 ///

　　马力出事了。这是陆丹心从同学口中听说的。

　　自从和马力出游回来后，陆丹心已然对她和马力的关系不抱任何希望，再加上钟铃的事情，也迫使她重新思考她与马力的关系。他们之间的感情渐渐似有似无。马力的课，陆丹心是能不去则不去。那天同学们下课归来，在走廊里聊天，谈到了马力。"真的是看不出来，马院长这人看着不像坏人啊，怎么会出这样的事？"有人说。

　　陆丹心正好经过，其他话都模模糊糊，独有那"马力"二字，清晰地印在她的脑子里。"什么？"

　　"你还不知道？马院长，就是上我们省情课的那个，马力，出事了。"

"啊，出什么事了？"

"也说不清楚，总之通告栏写着呢，免职了。"

陆丹心说不清楚自己是什么感受，但是听到消息的那一刻，心里还是暗暗触动了一下。她穿过拥挤的走廊，走过繁花盛开的小路，逆着下课归来的人流，急匆匆地走向行政大楼，寻找同学口中的那块公告栏，并确认了马力出事的信息。公告说，马力因触犯相关法律，免去马列学院副院长职务，还将移送司法机关。

回来的路上，陆丹心一直在想，心里的感觉，是疼痛，还是惋惜？还是无所谓？她说不清楚。

她以为他们之间那个句号早就划好了。其实，直到她看完公告，转身离去，大步地踏进春日的艳阳里时；直到她耳边传来同学们的议论，说马力这样的人被抓了都是活该，自己却没有感觉；直到春风吹过她试图使劲想起马力的脸，那张脸却逐渐模糊看不见，她才真正意识到，这一段纠缠的不正常的关系，真正地完结了。

意识到这一点，她竟然感觉到无比的轻松。

春天终究是要结束了。许多故事也都陆续画上了句号。

不幸的是，杨菲菲也成了孤家寡人。原来她其实并未和干爹断绝关系，因为她早就对干爹形成了依赖，她需要钱，也需要富足的生活。不幸在于，他们的关系被张天知道了。张天哪是能接受的人？铁了心要和杨菲菲分手。而杨菲菲呢，也算痛彻痛悟，之后就真的和干爹断了联系。

　　"我真的很后悔自己成为这样的人。我爱张天，我希望他回来。"她对陆丹心说完这句话，就抱着书去图书馆了。刚出门，又探头回来："对了，你有什么兼职机会的时候带我一下啊，你知道的，我以后需要自食其力了。"

　　按照杨菲菲的意思，她首先得作为一个标准的大学生，把学习搞上来，改变张天对自己的印象，以便重修于好。

　　看到杨菲菲居然一副好好学习天天向上的样子，无所事事的陆丹心，竟然觉得自己要不找点事情做，都有点不好意思了。于是她报名参加爱心社，到附近留守儿童学校支教，除了上课时间，她一边做兼职，一边做公益，日子倒也充实起来。

　　好像一切，才真正回到最自然最应该的轨道上来。

26 ///

钟玲死亡，马力出事，都曾被师生们热议一阵，但很快就被大家淡忘和搁置。

在这个数万人的大学里，人们忙着上课、玩耍、恋爱，心里想着爱人、成绩、考研、奖学金，没有人会把过多的心思，放在一个已经过去的人身上。

每个人都日复一日地生活在属于自己的轨道上。

炎热的夏天已经来临。

陆丹心时常独自上下课，独自吃饭、购物，一个人睡在原本应该有六个人的寝室，靠阅读和听歌自我安慰，逐渐习惯在没有爱情和好友的生活中保持一种自我的姿态和能力。

又是一个夜色降临，陆丹心决定出去走走。这些时日她忙碌不堪，已经有些时日没有认真地去看看这一方水土的夜晚。她想出去吹吹风，平静地看一看活在身边的这些人，是如何活在自己或悲壮或无足轻重的故事里。

　　这是个依旧人潮汹涌的时代，却又是个人烟冰冷的时代；这是个饱满丰盈的时代，却又是饥饿匮乏的时代。穿行其间，陆丹心感觉自己像一尾鱼，奋力地游啊游，有种随时都会溺死的感觉。对，这就是一个跟一条鱼都可能被溺死的海洋一样汹涌不停的时代。

　　走过一条条熟悉的路，陆丹心脑海中闪现旧日场景：此刻正在走的路，曾与李良肩并肩走过，也曾急切地走在上面去找马力。事实上，这个世界每个人在做的事情，别人同样都在做，你欢喜的事情别人在欢喜，你悲伤的事情别人也在悲伤。但不同的是，每个人都有自己独有的欢喜和悲伤。

　　晚上十点钟，坐在学校宽阔广场上，看着人来人往，穿行摆放整齐的车辆间，时而喧嚣时而沉静。那一刻，陆丹心感觉自己是静止之物，坐在这冰凉的台阶上，被风吹拂，被路过的行人无意地窥一眼。不能说好，不能说坏。但她知道，无论一个人沉溺在旧事或者悲痛中多久，当你站起身来，走出紧闭的房门来看看这个世界，就会知道这个世界一如既往地运行着。个人的悲伤多么卑微，不足以动时代之一毫毛。

　　而个人的爱情呢？

陆丹心想到爱情。爱情是什么？

她想，是一条不归之路。

对于钟玲而言，爱情从出发那一刻，就回不来了，她的终点绝境，是无情地告别这个世界。

那对于自己呢？跟李良，是突然而来的中止，好比你乘坐一辆车，行驶在路上，你连路标都没看清楚，不知道此时身在何处，只是突然，你就成了另一个自己。你依旧静止，或者步行，总之你脱离了原本的那辆车，却又回不到最初的自己。而跟马力呢，只能说，是一场奇怪的小感冒，没用药，也没多么严重的痛苦，突然就结束了，一切无疾而终。

也许杨菲菲的爱情会是个好一点的结局。这个原本看不起校园爱情的姑娘，却成了三人中仍在坚持的一个。虽然和张天分手了，但她依旧心怀希望，为了心中所爱，一日一日地积累，一点一滴地创造机会。但她的终点是什么呢？她终究也回不到原点。

起风了。

陆丹心起身，拍去身上由风带来的灰尘，走进空旷的广场。如同经受时间洗礼，重新昂首迈步走进无边的生活中。她的心静，自有一种美。

"陆丹心……"

她回头，四顾。身前身后没有一个熟悉的人。

再走，又听到那个声音在唤自己的名字。像是曾经的某一个爱人，又像是最初的那一个自己。那声音隐隐约约，似有似无。仔细听，只有风声呼呼，那声音便消隐了。